Irene Zimmermann

Liebe, Stress, Gitarrenständchen

Thienemann

»Tut mir

Leid, wirklich«, sagte Paps, »aber du hast ja gehört, was deine Mutter gesagt hat. Und das ist unser letztes Wort in dieser Angelegenheit!« Geräuschvoll blätterte er die Zeitung um. »Darf ich jetzt endlich mal in Ruhe lesen? Nur zehn Minuten? Ohne deine Heulerei, ohne Telefon?«

Ich hatte verstanden. Zwei Abende harter Überzeugungsarbeit waren umsonst gewesen! Ich hätte mir meine ganzen Argumente sparen können.

Wortlos griff ich nach dem Telefon und ging in mein Zimmer. Am liebsten hätte ich natürlich Tom angerufen, aber der jobbte seit zwei Monaten fast jeden Nachmittag, um sich das Geld für den Flug zu verdienen. Hoffentlich war wenigstens meine Freundin zu Hause.

»Ostertag«, meldete sie sich gleich beim ersten Klingeln. Sie schien den Mund voller Chips zu haben, denn es knirschte verdächtig, als sie sprach. Im Hintergrund hörte ich den Fernseher in voller Lautstärke laufen und dazwischen die Stimme von Tanjas Mutter, die halblaut schimpfte. »Ich geh mal in mein

Zimmer«, murmelte meine Freundin kauend, »hier ist im Moment wieder ziemlich dicke Luft.«

Sie schloss geräuschvoll eine Zimmertür, dann wurde es ruhiger.

»Lieb, dass du dran gedacht hast, Henri. Du willst garantiert wissen, was mit meiner Filmrolle ist«, sagte sie. »Bis jetzt leider Fehlanzeige! Stell dir mal vor, die haben sich immer noch nicht gemeldet! Meinst du, ich soll noch mal anrufen? Oder vielleicht einfach vorbeigehen, solange du noch da bist? Du hast doch gesagt, du würdest mitgehen.«

Blöd, das hatte ich ja ganz vergessen! Vor Wochen hatte sich Tanja für eine Statistenrolle in einem Film beworben, der hier in der Stadt gedreht werden sollte. Tim Sharer würde darin die Hauptrolle spielen. Das war für Tanja ausschlaggebend gewesen, denn für ihn schwärmte sie seit mindestens einem halben Jahr, mit zunehmender Tendenz. Seit kurzem nahm sie Ballettunterricht und sie hatte sogar davon gesprochen, sich bei einer Gesangslehrerin anzumelden. Mit einer glatten Vier in Musik! Und das alles nur, um diese Rolle zu bekommen und in Tim Sharers Nähe zu sein.

»Bist du noch dran?«

»Natürlich«, sagte ich und schluckte. »Keine Sorge, ich werde die nächsten sechs Wochen nicht in Kalifornien sein. Ich darf hier bleiben und bei unserem Umzug helfen.«

»Nein!«

»Doch, leider! Du kannst dir nicht vorstellen, wie

rückständig meine Eltern sind! Da krieg ich einmal im Leben die Gelegenheit, mein Englisch zu verbessern, werde von Susan eingeladen und dann bin ich angeblich noch zu jung, um ein paar Wochen mit meinem Freund nach Amerika zu gehen. Dabei ist es doch eine Art Schüleraustausch!«

»Und was ist mit Tom und Dietmar?«

Ich lachte, obwohl mir eigentlich eher zum Heulen zumute war. »Die dürfen natürlich. Die haben im Gegensatz zu mir vernünftige Erziehungsberechtigte. Stell dir vor, meine Mutter hat gesagt, mein Englisch wäre gut genug, ich müsste nur mehr Vokabeln lernen. Und das könnte ich in den Sommerferien ja auch zu Hause machen!«

»Huch«, sagte Tanja, »das ist natürlich verdammt hart. Versteh ich schon.« Sie zögerte einen Moment, dann fragte sie ganz direkt: »Machst du dir Sorgen, dass Tom und Susan sich wieder ineinander verlieben könnten?«

Ich seufzte. Susan war als Austauschschülerin in Deutschland gewesen und Tom hatte sich in sie verliebt. Aber dann hatte es zwischen ihr und Dietmar gefunkt – dank meiner und Tanjas entschlossener Mithilfe.

Ich schüttelte den Kopf, und weil Tanja das nicht sehen konnte, sagte ich ganz laut: »Nein. Natürlich nicht. Außerdem ist Dietmar auch dabei und Tom liebt nur mich. Das weiß ich inzwischen. Aber die ganzen Ferien zu Hause zu sitzen und dann noch der Umzug ... Das ist alles so furchtbar langweilig und öde, verstehst du. Und natürlich auch noch mit jeder Menge Arbeit verbunden. Ich vermute, meine Eltern lassen mich nicht weg, damit ich beim Umzug helfen kann.«

Tanja lachte. »Ist zwar blöd, aber du solltest das Ganze nicht so tragisch nehmen. Sieh mal, ich rege mich ja auch nicht auf, wenn ich die Rolle nicht kriege. Außerdem können wir einiges unternehmen und ich helf dir auch beim Umzug, wenn ich nicht gerade im Filmstudio bin. Versprochen! Aber ich muss jetzt auflegen, vielleicht versuchen die vom Film, mich zu erreichen, und da will ich nicht die ganze Zeit das Telefon blockieren. Ich meld mich bei dir!«

Damit hatte sie aufgelegt. Im ersten Moment wollte ich sie noch mal anrufen, verkniff es mir dann aber. Tanja war logischerweise nicht allzu unglücklich darüber, dass ich die Sommerferien zu Hause verbringen würde. Schon vor Wochen hatte sie gejammert, was sie die ganze Zeit ohne mich anfangen würde. Das Problem hatte sich gelöst. Ich würde bei dieser Hochsommerhitze umziehen dürfen und dann noch ... Entschlossen griff ich zum Telefon. Von der jüngsten Katastrophe hatte ich meiner Freundin ja noch gar nichts erzählt!

Simon, Tanjas älterer Bruder, nahm ab.

»Kannst du Tanja vielleicht mal zur Vernunft bringen?«, fragte er, als er meine Stimme erkannte. »Sie macht den ganzen Tag irgendwelche Stimmübungen. Singt Tonleitern rauf und runter. Do re mi fa so la, du weißt schon. Ich krieg total Kopfweh davon und unsere Wellensittiche sind auch schon völlig verstört.«

»Stimmübungen sind notwendig. Damit macht sie irgendwann Karriere. Also hab dich nicht so, Simon«, sagte ich mitleidlos. »Kannst du ihr bitte trotzdem das Telefon geben?«

Im Hintergrund hörte ich Tanja trällern. Einen Moment lang konnte ich Simon verstehen!

»Ich hab dir noch gar nicht erzählt, dass ich nicht nur nicht mit nach Kalifornien darf! Ich soll auch noch Babysitter spielen!«, sagte ich, als sie sich meldete.

»Babysitter?« Sie kicherte laut. »Aber Dietmar ist doch gar nicht da!«

Der Witz war zwar nicht besonders liebenswürdig, aber ich musste auch lachen.

»Natürlich nicht«, sagte ich und dann erklärte ich ihr alles: Meine ältere Schwester Anette und ihr Freund Robert hatten versprochen, sein Patenkind mit in den Urlaub zu nehmen. Leider fiel dann aber eine Kollegin von Anette im Labor um, brach sich den Knöchel und meine Schwester bekam statt Urlaub jede Menge Überstunden. Und nun würde Katrin zwei Wochen lang bei uns wohnen. Ganz selbstverständlich ging meine Schwester davon aus, dass ich mich um das Kind kümmern würde.

»Und wie alt ist sie?« Tanjas Stimme klang nicht sehr begeistert.

»Sieben. Ich glaube, sie ist sieben.«

»Wir könnten ja mit ihr zusammen fernsehen«,

schlug sie nach kurzem Nachdenken vor. »Es gibt da 'ne neue Serie mit einem Gastauftritt von Tim Sharer, da soll er wieder supergut sein. Es geht darum, dass ... «

»Ja, das musst du mir mal in Ruhe erzählen«, sagte ich nur und dann machte ich ganz schnell Schluss, weil ich die Türklingel gehört hatte und hoffte, dass es Tom war.

»In sechs Wochen bin ich doch zurück«, versuchte er mich zu trösten.

Heute war der Tag seines Abflugs und ich hatte ihn unbedingt noch mal sehen wollen, obwohl wir uns am Abend zuvor schon voneinander verabschiedet hatten.

»Und wir können uns jeden Tag eine Mail schicken ... « Er schluckte und einen Moment lang hatte ich das Gefühl, dass er am liebsten auch geheult hätte. »Henri, ich werde dich schrecklich vermissen. Am liebsten würde ich das Ganze absagen und bei dir bleiben. Wir ... «

Weiter kam er nicht. Frau Doktor Caberg, die ihn und Dietmar zum Flughafen fahren wollte, hatte auf der Straße mehrmals laut gehupt.

Tom küsste mich noch einmal, nahm Rucksack und Koffer und rannte die Treppe hinunter. Unten, am Absatz, drehte er sich noch mal zu mir um. Einen Moment lang dachte ich schon, er würde die Reise absagen, aber dann sah ich, dass er einen großen Briefumschlag hochhielt.

»Für dich!«, rief er und dann war er auch schon weg.

Ich folgte ihm langsam und winkte noch lange, nachdem das Auto bereits um die Ecke gebogen war.

Neugierig öffnete ich den Umschlag. *Für Henri von Tom,* hatte er mit rotem Stift geschrieben und darunter, etwas kleiner: *Bitte ganz vorsichtig öffnen!!!*

Behutsam zog ich ein Blatt, das in Klarsichtfolie eingeschweißt war, heraus. Jeder der Tage, die wir getrennt sein würden, war sorgfältig aufgeschrieben, jeweils mit dem Vermerk: *24 lange Stunden ohne dich!* Und neben jeden Tag hatte er ein Gänseblümchen, das Zeichen unserer Liebe, geklebt.

Ich war total gerührt und hätte ihm am liebsten sofort eine SMS geschickt, aber dann fiel mir wieder ein, dass sein Handy vor einiger Zeit gestohlen worden war und er sich kein neues hatte leisten können. Und Dietmar, der Ärmste, bekam von seiner Mutter keins. Handys seien eine völlig überflüssige Erfindung, so hatte Frau Doktor Caberg vor einiger Zeit geschimpft, als während einer Klassenarbeit Jennys Telefon plötzlich geklingelt hatte. Jahrtausendelang sei man ohne ausgekommen und außerdem wisse man nicht, ob die Strahlung vielleicht gesundheitsschädlich sei.

Ich hatte also gar keine Chance, Tom zu erreichen, aber vielleicht nutzte es ja etwas, wenn ich einfach ganz fest an ihn dachte.

Wahrscheinlich war es ganz gut, dass die nächsten Tage voller Hektik waren. Katrin zog bei uns ein und wir lebten im totalen Chaos, zwischen Kisten, Kartons und Koffern, weil der Umzugstag immer näher rückte. Von Tom hatte ich eine erste Mail bekommen. Er sei gut angekommen, schrieb er mir und er vermisse mich sehr. Ich schrieb ihm dreieinhalb Seiten zurück. Auf Vorrat sozusagen, denn während des Umzugs würde ich kaum dazu kommen.

Und endlich war es dann so weit.

»Bist du blind?«, kreischte Katrin, als ich nach dem nächsten Karton griff. »Da sind alle meine Barbies drin! Der Deckel schließt nicht richtig, die dürfen nicht rausfallen, sonst tun sie sich weh. Kannst du nicht aufpassen?«

Katrin war für ihr Alter ziemlich frech. Am liebsten hätte ich gesagt: Du hättest auch nicht dein halbes Kinderzimmer mitbringen müssen für diese vierzehn Tage! Aber weil Anette daneben stand, war ich lieber ruhig. Sie hatte einen Tag Urlaub bekommen und tat so, als würde sie als Einzige wirklich hart arbeiten bei diesem Umzug.

Wortlos ging ich den Kiesweg zu unserem neuen Minireihenmittelhaus entlang. Vielleicht war der Weg zu schmal, vielleicht war ich aber auch nur ungeschickt: Tatsache war jedenfalls, dass ich am Zaun zum Nachbargrundstück hängen blieb und mir der Karton aus der Hand glitt. Alle Barbiepuppen purzelten auf das kleine Rasenstück neben dem Weg.

»Unsere Henriette spielt wieder mit Barbies«, lachte Anette und schien sich grandios zu amüsieren. »Wie süß!«

»Hilf mir lieber mal, alles wieder einzupacken!«, rief ich ihr hinterher.

Aber sie tat einfach so, als habe sie mich nicht gehört. Das war mal wieder typisch Anette.

Ich bin bloß froh, dass uns in diesem Stadtteil niemand kennt, dachte ich, als ich mich im Schneidersitz auf den Boden setzte und auf das Durcheinander von Puppen und Puppenkleidern vor mir starrte. Umzug – musste das wirklich sein?

Meine Eltern waren irgendwann auf die Idee gekommen, dass es nichts Schöneres auf der Welt geben könnte als ein Reihenmittelhaus, das uns gehören würde. Lange Zeit hatten sie hin und her diskutiert, bis sie sich endlich entschieden hatten.

Aber das war nun ja auch egal. Tatsache war jedenfalls, dass wir an einem total heißen Augustwochenende umziehen mussten – ein Wochenende, an dem alle vernünftigen Menschen im Schwimmbad und bei Grillfeten waren, während ich mich mit Umzugskisten voller Barbiepuppen abplagte. Katrin hatte eindeutig zu viel Spielzeug!

Barbie Nummer 24 kam mir sehr bekannt vor. Die blonden Haare waren ungleichmäßig abgeschnitten und der rechte Arm war eingedellt. Natürlich, die hatte mal mir gehört! Anette musste sie – ohne mich zu fragen! – Roberts Patenkind geschenkt haben! Das war der Gipfel!

Ich beschloss, die Puppe der rechtmäßigen Eigentümerin – nämlich mir – zurückzugeben, sie als Andenken an meine Kindheit in mein Bücherregal zu stellen, und suchte gerade nach passenden Kleidern, da spürte ich, dass ich beobachtet wurde.

»Verschwinde!«, fauchte ich. »Die Barbie gehört mir!«

»Das bestreite ich doch gar nicht«, sagte jemand. Die Stimme gehörte eindeutig nicht Anette oder Katrin.

Ich schaute hoch und war ziemlich froh, dass ich saß.

Vor mir stand ein Junge. Dunkle Haare, weißes T-Shirt und abgeschnittene Jeans. Breites Grinsen.

Ich grinste zurück. Etwas Besseres fiel mir im Moment einfach nicht ein.

»Du ziehst garantiert in das Mittelhaus ein«, meinte er. »Sind das deine Puppen?«

Ich wurde knallrot. Sah ich aus wie eine Siebenjährige, die noch mit Puppen spielte? Aber leider fiel mir kein cooler Spruch ein und ich kramte vor lauter Verlegenheit weiter nach Kleidern für meine Barbiepuppe. Von der Straße hörte man halblautes Lachen, dann kamen Anette und Katrin mit einem Wäschekorb um die Ecke.

»Ich hab doch gleich gesagt: Henri spielt wieder mit Puppen!«, rief Anette schon von weitem und Katrin stürzte sich mit Wutgeschrei auf mich, um mir ihre kostbare Habe zu entreißen.

»Das ist meine!«, protestierte ich, obwohl es mir vor dem Jungen ziemlich peinlich war. »Die gehört mir, Katrin!«

»Na, dann wünsch ich euch noch viel Spaß mit den Puppen«, lachte der Junge und schwang sich auf sein Fahrrad.

Meine Schwester wandte sich um. »Wer war denn das?«, wollte sie wissen.

»Keine Ahnung«, sagte ich. »Interessiert mich auch nicht. Mich würde viel mehr interessieren, warum meine alte Barbiepuppe bei Katrins Spielsachen liegt. Hab ich dir das erlaubt?«

Anette murmelte irgendwas, dass sie die Puppe im Keller gefunden habe, herrenlos sozusagen, aber sie schien doch ein schlechtes Gewissen zu haben. Jedenfalls sagte sie nichts, als ich die Barbie demonstrativ zur Seite legte. Ziemlich erstaunlich war auch, dass Katrin nur kurz protestierte und nicht so lauthals wie in den letzten drei Tagen, wenn sie sich über irgendetwas geärgert hatte. Nachdenklich sah sie in die Ferne.

»Der war aber süß«, meinte sie nach einer Weile. »In den könnte man sich glatt verlieben!«

Anette tippte sich an die Stirn und sah mich viel sagend an. »Hör dir mal Katrin an. Ich glaube, sie darf zu viel fernsehen. Robert sagt immer, dass seine Schwester in der Erziehung total versagt.« Sie wandte sich an Katrin. »Als ich in deinem Alter war . . . «

Katrin lachte bloß, riss mir den Karton mit den

13

Puppen aus der Hand und rannte die Treppe zum Haus hoch.

»Schließlich ist sie erst sieben«, meinte Anette nachdenklich. »Findest du das nicht auch ein bisschen früh?«

Irgendwie schafften wir es im Lauf des Tages, das Chaos im Haus zu bändigen, nicht vollständig natürlich, aber immerhin so, dass man eine Ahnung davon bekam, wie es aussehen könnte, wenn alles fertig eingerichtet war.

»Katrin bleibt ja nur noch ein paar Tage«, tröstete mich Mama, nachdem sie mir eröffnet hatte, dass ich mein Zimmer mit Katrin teilen sollte.

Auch das noch!

»Das Gästezimmer ist noch nicht fertig«, fuhr Mama fort. »Und du weißt doch, dass Katrin nachts allein Angst hat! Außerdem ist es gar nicht so schlimm. Sie stört doch nicht.«

»Die beiden können ja zusammen mit Puppen spielen«, spottete Anette.

Sie hatte gut lachen. Seit kurzem wohnte sie wieder bei Robert und in der kleinen Zweizimmerwohnung konnten sie Katrin unmöglich unterbringen. Tagsüber mussten beide arbeiten und da war es natürlich selbstverständlich für sie, dass ich mich um Katrin kümmerte.

Mama schüttelte bloß den Kopf. »Ich hoffe, dass wir uns alle wohl fühlen werden im neuen Heim«, meinte sie dann. »Das Haus macht doch eigentlich einen ganz freundlichen Eindruck, findet ihr nicht auch?«

Papa nickte. Weil draußen ein gewaltiges Gewitter tobte, hatte er den Campingkocher in der Küche aufgebaut und versuchte vergeblich, die Gasflamme zu entzünden.

»Ich fürchte, heute gibt es ein kaltes Abendessen«, meinte er schließlich. »Ab Montag wird dann wieder richtig gekocht, wenn der Herd angeschlossen ist, ja?«

»Ich mag aber keine kalten Würstchen«, jammerte Katrin. »Kalte Würstchen mit Mayo schmecken igittigitt. Die ess ich nicht.«

Meine Eltern sahen sich ratlos an, aber ich grinste mitleidlos. »Prima, dann krieg ich mehr.«

»Wir könnten zu den Nachbarn gehen und fragen, ob wir die Würstchen dort heiß machen können«, schlug Katrin vor. »Ich weiß auch schon, zu wem ich gehe!«

»Spinnst du?« Ich tippte mir an die Stirn. »Du kannst doch nicht zu wildfremden Leuten gehen und von denen verlangen, dass sie dir Würstchen heiß machen!«

»Klar kann ich das. Die sind nämlich nicht wildfremd. Ich kenn die schon!«

»Dann lass mal hören, welche Bekanntschaften du geschlossen hast«, meinte Papa. »Ich hoffe bloß, du warst nicht allzu frech. Wir müssen schließlich die nächsten Jahre hier in Frieden leben.«

»Ich bin nie frech«, verkündete Katrin. »Aber ich

hab schon jede Menge Leute kennen gelernt.« Sie wartete einen Moment, dann platzte sie heraus: »Ich hab mich auch schon verliebt!«

»Nicht schon wieder dieses Thema!« Jetzt war es Anette, die total genervt guckte. Wahrscheinlich wegen Robert, der eigentlich seit einer Stunde da sein sollte, aber immer noch nichts hatte von sich hören lassen. »Deine Mutter hat dir schon tausendmal gesagt, dass du keinen Hund kriegst, Katrin! Robert sieht das ebenso und ich übrigens auch, wenn du es genau wissen willst. Bitte akzeptier das endlich mal und verlieb dich nicht immer in irgendwelche Lassies oder ähnliche Riesenhunde!«

»Ich hab mich nicht in einen Hund verliebt, sondern in einen Jungen!«, rief Katrin empört. »Er wohnt hier in der Nachbarschaft und sieht ganz, ganz süß aus und garantiert hat er sich auch in mich verliebt. Ich hab nämlich gesehen, dass er sich noch mal umgedreht hat.«

»Schön!« Mama lächelte. »Dann ist ja alles in bester Ordnung. Du weißt doch bestimmt, dass kalte Würstchen dann besonders gut schmecken, wenn man verliebt ist.«

Katrin schaute ein bisschen unsicher, aber weil wir alle nickten, verlief unser Abendessen doch noch ziemlich friedlich.

»Ganz, ganz ehrlich, Henri, ich bin furchtbar verliebt«, murmelte Katrin, als sie eine Stunde später inmitten ihrer Puppen im Bett lag. »Es ist ein wun-

16

derwunderschönes Gefühl, das kannst du mir glauben.«

Und dann war sie auch schon eingeschlafen.

Ich überlegte, ob ich vielleicht noch ein paar Kartons ausräumen sollte, aber weil ich Katrin nicht wecken wollte und außerdem keine richtige Lust zum Auspacken hatte, legte ich mich auch ins Bett.

Es war ein ungewohntes Gefühl, die erste Nacht in diesem Haus! Katrin murmelte im Schlaf leise vor sich hin, durch das halb geöffnete Fenster hörte ich eine Kirchturmuhr schlagen. Ich drehte mich auf die andere Seite und zog die Decke über den Kopf. Aber lange hielt ich es bei dieser Hitze so nicht aus; also deckte ich mich wieder auf und lauschte den ungewohnten Geräuschen.

Irgendwann glaubte ich sogar, jemanden Gitarre spielen zu hören, aber vielleicht träumte ich auch, denn inzwischen war es, wenn die Kirchturmuhr stimmte, Viertel vor zwölf.

Ich hielt es nicht mehr aus im Bett.

Was Tom wohl machte? Seit dem gestrigen Tag hatte ich nichts von ihm gehört. Der Computer war immer noch nicht ausgepackt und wir hatten noch keinen Telefonanschluss. Ich hatte überhaupt keine Möglichkeit, mit Tom zu reden.

Was, wenn er sich doch wieder in Susan verlieben würde? Sechs Wochen waren eine ziemlich lange Zeit … Ich sah mal wieder Gespenster.

Ich beschloss aufzustehen, um auf andere Gedanken zu kommen. Leise schlich ich die Treppe hinunter, inspizierte Wohnzimmer und Küche und stand dann mit einem Glas Leitungswasser an der Tür zum Garten. Eigentlich bin ich ja ziemlich ängstlich, vor allem nachts, aber weil dies eine ganz besondere Nacht war und draußen der Vollmond schien, war ich mutig und ging einfach hinaus.

Irgendetwas streifte meine Wange, als ich an dem Sommerflieder vorbei auf die weiße Gartenbank zuging. Ich fröstelte ein bisschen, aber ich setzte mich trotzdem. Wenn Tom jetzt hier wäre …

»Heute fängt ein neuer Lebensabschnitt für uns alle an«, hatte Papa beim Abendessen zu uns gesagt.

Anette hatte bloß gelacht und gemeint, das würde er auch jedes Jahr an Silvester sagen, aber mir ging es wie Papa: Ich hatte wirklich das Gefühl eines Neubeginns.

Schlimm war nur, dass ich in Zukunft eine halbe Stunde mit dem Rad unterwegs sein würde, um Tanja zu treffen. Bisher war es mit der Straßenbahn relativ unkompliziert gewesen, sie zu besuchen, aber hier, von diesem Vorort aus, war es wesentlich schwieriger.

Und Tom hatte nur drei Minuten Fußweg von mir entfernt gewohnt. In Zukunft würde ich nicht einfach so schnell mal bei ihm vorbeigehen können.

Wenigstens in der Schule würden wir uns regelmäßig sehen und außerdem konnten wir ja miteinander telefonieren.

Ich war mit meinen Gedanken schon wieder bei Tom! Er hatte mir Susans Telefonnummer aufgeschrieben, aber ich hatte keine Ahnung, wo in dem grauenhaften Durcheinander der Zettel war. Vielleicht könnte ich die Nummer über die Auskunft rauskriegen. Leider wusste ich nicht mal Susans Nachnamen!

Ein Geräusch ließ mich zusammenzucken, aber es war lediglich eine kleine grau getigerte Katze, die sich durch die Hecke zwängte. Ich versuchte sie zu mir zu locken, aber sie maunzte nur kurz und war dann wieder verschwunden. Wahrscheinlich hatte sie Wichtigeres vor, als sich von mir streicheln zu lassen.

Wieder schlug die Turmuhr. Und irgendwo in der Nachbarschaft spielte immer noch jemand Gitarre. Ein leises, schwermütiges Lied, das zu dieser Nacht passte. Ich kannte die Melodie und wollte gerade leise mitsummen, da sah ich, wie im Nachbarhaus der Rollladen hochgezogen wurde.

Das Zimmer im ersten Stock des Nachbarhauses war hell erleuchtet. Am Fenster stand der Junge, der mich mittags angesprochen hatte. Er sah nicht in den Garten hinaus, sondern schien mit jemandem im Zimmer zu reden.

Ich war wie gefesselt von diesem Anblick. Wie er dort stand, mit seinen dunklen Haaren und mir das Profil zuwandte, sah er aus, als sei er aus einem Gemälde herausgetreten. Ich kniff mich in den Arm, um mich zu vergewissern, dass ich nicht träumte, aber es war Wirklichkeit: Für mich sah alles fast genau so aus wie auf dem Bild, das uns unser Kunstlehrer als Dia gezeigt hatte. Ich hatte mich kein bisschen für den Vortrag von Herrn Gerwinger interessiert, aber an dieses eine Bild erinnerte ich mich noch genau.

Atemlos versuchte ich den Gesprächsfetzen, die durch das geöffnete Fenster drangen, zu folgen, aber ich konnte nichts verstehen.

»Henriette? Bist du im Garten?«, hörte ich plötzlich meine Mutter rufen. »Kind, du erkältest dich! Geh doch ins Bett! Es ist schon spät.«

Ich zuckte zusammen.

Der Junge am Fenster drehte sich halb um und schien mich entdeckt zu haben. Ich schaute hoch und unsere Blicke trafen sich. Na ja, wenn man das bei dem Mondlicht so sagen konnte. Vielleicht hielt er mich auch für ein Gespenst, das sich in einen Reihenmittelhausgarten verirrt hatte. Mir war es ziemlich peinlich, im Schlafanzug mitten in der Nacht im Garten zu sitzen. Am liebsten hätte ich mich irgendwo verkrochen, aber dazu war es jetzt zu spät. Erstens beobachtete mich der Junge und zweitens standen inzwischen Mama und Papa auf der Terrasse und guckten auch ganz neugierig.

»Die Barbiepuppe«, sagte der Junge halblaut.

Am liebsten hätte ich ihm irgendwas Schlagfertiges zugerufen, aber meine Kehle war wie ausgetrocknet und ich schüttelte bloß den Kopf. Dann rannte ich ins Haus.

In dieser Nacht schlief ich nur wenig. Immer wieder wachte ich auf, vielleicht, weil mich Katrins Anwesenheit und ihr ständiges Gemurmel nervten, vielleicht aber auch, weil mir der Junge aus dem Nachbarhaus nicht mehr aus dem Kopf ging. Irgendwann gegen Morgen schlich ich mich ins Wohnzimmer und packte die Bücherkisten aus, bis ich schließlich gefunden hatte, was mir keine Ruhe gelassen hatte.

Unbekannter italienischer Meister, spätes 16. Jahrhundert, stand unter dem Gemälde eines jungen Mannes, der an einem Fenster stand und den Betrachter direkt anblickte. Ich setzte mich auf den Boden und starrte das Bild an. Der Junge hatte lockiges dunkles Haar, angezogen war er nach der damaligen Mode – und obwohl es nur ein Bild war, begann mein Herz wie wild zu klopfen.

Konnte es so etwas geben? So viel Ähnlichkeit?

Mit dem Buch unter dem Arm ging ich in mein Zimmer zurück. Das Haus war mir plötzlich sonderbar vertraut; ich hatte das Gefühl, schon immer hier gelebt zu haben. Ich starrte noch ein paar Minuten lang auf das Bild, dann schob ich den dicken Kunstband beiseite und endlich schlief ich ein.

»Du hast die ganze Zeit im Schlaf geredet! Wie meine Mama! Ich konnte wegen dir überhaupt nicht schlafen«, quengelte Katrin. Sie hatte ihre Puppen auf ihrem Bett ausgelegt und ordnete sie nach Haarfarben.

Ich räkelte mich und drehte mich dann auf die andere Seite.

»Soll ich dir erzählen, was du gesagt hast?«

21

Ich drehte mich wieder um und sah sie erwartungsvoll an.

»Was krieg ich dafür?«, fragte Katrin.

Ich drehte mich wieder zur Wand. Ach ja, wir waren ja umgezogen. Tom war in Kalifornien, Tanja hatte gestern einen Vorstellungstermin im Filmstudio gehabt und wollte sich heute gleich melden und …

»Aua!«

Katrin hatte sich unsanft neben mich aufs Bett geworfen. Sie kreischte vor Begeisterung, als ich aufschrie. Keine Ahnung, was sie daran so furchtbar lustig fand! Aber bei ihr musste man auf alles gefasst sein, so viel war mir in den fünf Tagen, die sie jetzt schon bei uns wohnte, klar geworden.

Und tatsächlich! Mit Triumphgeschrei holte sie den Kunstband unter meinem Kopfkissen hervor.

Ich starrte sie an. Wie kam das Buch unter mein Kopfkissen?

»Hast du echt darauf geschlafen?«, fragte sie neugierig. »Weshalb?«

»Das ist Kunst«, sagte ich bloß. »Gib her, davon verstehst du nichts.«

»Von wegen Kunst. Sind ja bloß Bilder«, entgegnete sie und wollte mir das Buch geben. Dabei klappte es auf. Sie stieß einen Schrei aus. »Wahnsinn! Guck mal, das ist der Junge, in den ich mich verliebt habe«, sagte sie schließlich fassungslos. Sie starrte das Bild an. »Natürlich ist er das. Henri?«

Ich nickte. »Ja, das ist er.«

Katrin hatte sich aufgesetzt. Mit dem Bildband auf den Knien sah sie mich ernsthaft an. »Ich weiß, warum du das Buch unter dem Kopfkissen hattest.«

»Ach ja?« Ich wusste beim besten Willen nicht mehr, wie das Buch unter mein Kissen gekommen war.

Sie fasste mich am Arm und guckte verschwörerisch. »Ist schon in Ordnung«, sagte sie dann. »Das muss dir nicht peinlich sein. Aber ich finde es ganz toll von dir, dass du irgendwelche Zaubertricks anwendest, damit sich dieser Junge in mich verliebt.«

»Was mach ich?«, fragte ich verblüfft.

In ihrem Blick lag eine leichte Ungeduld. »Ich hab im Fernsehen eine Sendung über Zaubertricks gesehen«, erklärte sie mir mit der überlegenen Stimme einer Siebenjährigen, die endlich mal andere belehren kann. »Und der Trick mit dem Verliebtmachen geht so ähnlich. Aber das ist eigentlich gar nicht nötig. Der Junge hat sich nämlich schon in mich verliebt.«

Ich schüttelte den Kopf. Von Katrin konnte man echt noch was lernen. »Und woher weißt du das so genau? Du hast dich doch gar nicht mit ihm unterhalten, oder? Wie willst du dann wissen, was in ihm vorgeht?«

Sie zuckte nur die Schultern, bevor sie sich wieder ihren Puppen zuwendete. »Als Frau merkt man das eben«, meinte sie schließlich. »Oder nicht?«

23

Im gleißenden Licht

der Mittagssonne sah der Garten leider gar nicht mehr so romantisch aus wie in der Nacht bei Vollmond. Ich hatte den ganzen Vormittag Kartons ausgepackt und mindestens fünfmal versucht, Tanja zu erreichen, aber es hatte sich immer nur der Anrufbeantworter gemeldet. Jetzt hatte ich, wie ich fand, eine Pause im Garten verdient.

Die Gartenbank stand in der prallen Sonne, aber nur von dort aus hatte man direkte Sicht auf das Nachbarhaus. Ich war froh, dass ich meine Sonnenbrille in dem Durcheinander wiedergefunden hatte. So konnte ich unauffällig beobachten.

Leider tat sich bei unseren Nachbarn gar nichts. Entweder schliefen sie noch oder sie hatten das Haus wegen der Hitze verdunkelt. Tatsache war jedenfalls, dass alle Rollläden heruntergelassen waren. Einen Moment lang glaubte ich, nachts geträumt zu haben. Das konnte doch gar nicht sein: ein Nachbarsjunge, der aussah wie jemand, der vor Jahrhunderten gemalt worden war! Aber dann fiel mir wieder ein, dass Katrin ihn auf dem Bild auch erkannt hatte, und ich beschloss einfach noch ein bisschen draußen sitzen zu bleiben und abzuwarten.

»Du kriegst einen Sonnenbrand!«, rief Mama von der Terrasse. »Komm lieber rein, in der Mittagshitze ist es einfach zu heiß draußen. Oder geh auf die andere Seite. Katrin ist auch draußen. Du kannst ja mal schauen, was sie so anstellt.«

Ich hatte keine Lust, wieder den Aufpasser zu spielen, und behauptete einfach, mich in der Sonne unheimlich wohl zu fühlen. Mama zuckte die Schultern, stellte ihre Erziehungsbemühungen ein und ging wieder ins Haus. Ich beobachtete weiter.

Irgendwann musste ich eingeschlafen sein. Kein Wunder, denn nachts hatte ich ja kaum ein Auge zugetan. Katrin hüpfte aufgeregt um mich herum, während ich mich zu orientieren versuchte.

»Du siehst aus wie ein knallroter Krebs«, kicherte sie. »Und er ist in mich verliebt. Ganz ehrlich. Ich weiß es jetzt genau. Verliebt. Verliebt. Verliebt«, wiederholte sie singend. »Und er heißt David.«

Meine Sonnenbrille war verrutscht. Ich schob sie zurück und warf einen raschen Blick auf das Nachbarhaus. Nichts hatte sich verändert! Die Rollläden waren immer noch geschlossen. Wie lange hatte ich eigentlich geschlafen?

»David und Katrin. Hört sich doch gut an, oder?« Mit der Fußspitze malte sie Herzen in den Kies. »Ich freu mich schon drauf, wenn die Schule wieder anfängt. Dann muss ich allen erzählen, dass mein

Freund David heißt. Find ich schöner als Christian. So heißt der Freund von Julia, und die ist ziemlich bescheuert.«

»Ich kapier überhaupt nichts«, sagte ich.

»Ich hab ihn draußen vor dem Haus getroffen. Er hat seinen Fahrradreifen repariert und ich hab ihm zugeschaut und mich mit ihm unterhalten. Und da hat er mir gesagt, dass er David heißt.«

»Der Junge von nebenan? Der aus dem Buch?«, erkundigte ich mich vorsichtshalber. Bei Katrin wusste man nie.

Sie kicherte. »Der ist natürlich nicht aus dem Buch. Oder hast du das wirklich geglaubt?« Sie schüttelte den Kopf. »Solche Wunder gibt es nicht, das müsstest du doch eigentlich wissen. In deinem Alter!«

Anette hatte irgendwann mal gesagt, Katrin sei altklug. Jetzt wusste ich, was sie gemeint hatte!

»Ich wünsch mir zu Weihnachten Ohrringe von dir. Ganz lange Ohrringe«, sagte sie. »Solche, wie du hast.«

»Zu Weihnachten? Wir haben gerade mal August und du redest von Weihnachtsgeschenken!« Ich schüttelte den Kopf.

»Du kannst mir ja einfach deine schenken!«

Ich tippte mir leicht an die Stirn. »Du willst ja nur David gefallen«, spottete ich.

»Stimmt«, gab sie sofort zu. »Er hat gefragt, wie meine Schwester heißt.« Sie kicherte. »Er glaubt nämlich, dass ich eure Schwester bin. Und weil ich nicht wusste, ob er dich oder Anette meint, hat er gesagt, die mit den langen Ohrringen und den wunderschönen Augen. Und ... «

»Was hat er gesagt? Sag das noch mal.«

»Also, wie meine Schwester heißt. Die mit den Ohrringen«, verkürzte Katrin, die inzwischen ziemlich ungeduldig wurde. »Und deshalb will ich auch solche Ohrringe.«

»Und was war mit den Augen?«, hakte ich nach.

»Ach, keine Ahnung. Das ist doch auch total egal. Ich frag einfach deine Mama, ob sie mir Ohrringe schenkt. Die ist bestimmt nicht so geizig wie du«, rief sie und rannte ins Haus.

Ich saß auf der Bank und wusste nicht, was ich denken sollte.

David hieß er also. Was bildete er sich eigentlich ein? Mich »Barbie« zu nennen! Und dann von meinen Augen zu reden! Machte er sich lustig über mich? Er hätte doch auch sagen können: »Das Mädchen mit dem hellblauen Sommerkleid und der roten Kette.« Was bildete sich dieser Junge eigentlich ein! Ich überlegte, ob ich ihn zur Rede stellen oder lieber einfach links liegen lassen sollte.

Eine Entscheidung darüber verschob ich auf später und beschloss, es erst noch mal bei Tanja zu versuchen.

Dieses Mal hatte ich Glück. Sie schien auf meinen Anruf gewartet zu haben, denn sie nahm beim ersten Läuten ab.

»Und?«, fragte ich. »Hast du die Rolle?«

27

Statt einer Antwort meinte sie, ich solle ihr den Weg zu unserem neuen Haus genau beschreiben, sie würde gleich vorbeikommen.

Eine gute Stunde später stand Tanja vor der Tür; verschwitzt und halb verdurstet, weil sie ihre Wasserflasche vergessen hatte und sich dreimal verfahren hatte, aber bester Laune. Sie fiel mir um den Hals.

»Hast du die Rolle?«, fragte ich erwartungsvoll. »Jetzt sag endlich!«

Sie zuckte die Schultern. »Na ja, das ist noch nicht so ganz klar. Blöd war, dass ich gestern Morgen vor lauter Aufregung eine Kontaktlinse verloren hab. Stell dir vor: Plötzlich war sie im Waschbecken verschwunden. Simon hat zwar alles noch aufgeschraubt, aber ... ich musste meine alte Brille raussuchen und mit der seh ich ja leider nicht so toll aus. Ich hab sie im Filmstudio natürlich sofort abgenommen.« Sie grinste. »Jedenfalls hab ich mir jede Menge Autogramme besorgt. Von Tim natürlich. Den würde ich blind erkennen. Ich hab auch gleich eins mit Widmung gekriegt!«

»Aber was ist mit der Rolle?«

»Es gibt noch einen zweiten Termin.« Sie seufzte kurz. »Da müssen alle, die in der ersten Runde durchgekommen sind, irgendwas singen. Simon meint, da kann ich es ja gleich stecken, aber meine Mutter ist inzwischen sogar bereit, mir Gesangsunterricht zu bezahlen. Was meinst du?«

28

»Ich weiß nicht«, sagte ich. Singen war wirklich nicht gerade Tanjas Stärke. »Gibt es nicht noch 'ne andere Rolle? Ich meine, eine, bei der du nicht singen musst?«

Tanja schien ein bisschen beleidigt zu sein. Sie meinte, nein, sie wolle diese Rolle und sonst keine. Und Singen könnte man schließlich auch lernen, wie Schwimmen.

Ich versuchte das Thema zu wechseln. »Komm«, sagte ich, »ich zeig dir jetzt erst mal das Haus. Lass uns hochgehen, bevor wir zum Büchereinräumen oder Putzen verdonnert werden.«

Tanja nickte. »Wir haben schließlich noch einiges zu besprechen.«

Wir rannten die Treppe hoch in mein Zimmer.

»Toll«, meinte sie, »supertoll! Obwohl es natürlich furchtbar traurig ist, dass du jetzt so weit weg wohnst.« Sie sah sich um. »Aber die Wand könnte man anders streichen, findest du nicht? Weißt du, nur weiß wirkt ein bisschen langweilig ... Ich würde dir ein tolles Zitronengelb vorschlagen. Seit Simon mein Zimmer in verschiedenen Grüntönen gestrichen hat, bin ich eigentlich immer guter Laune. Das sieht doch gleich anders aus als dieses eintönige Weiß. Man könnte es ja auch mal mit Wischtechnik versuchen, was meinst du?«

Ich nickte und hoffte, Tanjas Energie und Simons Farbvorschlägen genug Widerstandskraft entgegenzubringen. »Gute Idee. Gelb ist wirklich nicht schlecht. Wischtechnik auch nicht. Aber ich muss

29

erst mal alles auspacken. Und das Bett von Katrin bleibt ja auch nicht hier. Dann sieht das sowieso ganz anders aus.«

»Also, ich finde immer, man muss solche Pläne gleich in die Tat umsetzen. Aber wenn du natürlich nicht willst ... War ja nur ein Vorschlag.«

Ich beeilte mich zu versichern, dass ich eigentlich schon wolle, aber im Moment einfach noch nicht die Zeit dazu hätte. Und außerdem seien Ferien und man könnte doch ins Schwimmbad gehen oder zumindest Eisessen ...

»Gute Idee! Wir können ja das eine mit dem anderen verbinden.« Tanja schien wieder versöhnt. »Aber weißt du, ich hab nicht gemeint, dass du das mit dem Streichen allein machen sollst. Ich helf dir selbstverständlich. Garantiert hab ich noch gelbe Farbe im Keller und vielleicht hilft mein Bruder ja auch mit. Das ist überhaupt *die* Idee! Wenn Simon schon 'ne Umschulung zum Maler und Lackierer macht, dann kann er doch gleich ein bisschen üben. Wischtechnik kann er garantiert schon. Und wenn nicht, dann lernt er es hier spätestens.«

Ich war mir nicht so ganz sicher, ob das wirklich eine gute Idee war. Außerdem hatte ich eigentlich was ganz anderes vor. Viel lieber würde ich seitenlange Briefe an Tom schreiben und das Fotoalbum mit den Bildern vom letzten Jahr, das ich ihm zum Geburtstag schenken wollte, fertig machen. Aber bevor ich noch etwas sagen konnte, wurde die Tür aufgerissen und Katrin stolzierte herein.

»Was ist denn mit dir los?«, rief ich. »Bist du in einen Farbtopf gefallen oder hast du die Masern?«

Katrin zog missbilligend die Augenbrauen hoch. »Ich habe mich geschminkt«, erklärte sie hoheitsvoll. »Ich bin nämlich seit gestern verliebt. In David! Und deshalb musste ich mich schminken. Anette macht das auch immer, weil sie so in Robert verliebt ist.«

Ich lachte. »Katrin, du siehst aus wie ein Clown, ehrlich. Man malt sich keine knallroten Kreise auf die Wangen. Es ist schließlich nicht Fasching. Und dieses Blau auf deinen Augen – du siehst aus, als wärst du in eine Schlägerei geraten.«

Ihre Augen füllten sich mit Tränen. »Du bist gemein!«, schrie sie. »Du bist nur eifersüchtig, weil David sich in mich verliebt hat und nicht in dich. Ich geh jetzt vors Haus und warte auf ihn. Dann wirst du ja sehen!« Sie wandte sich an Tanja. »Wie findest du mich? Bin ich gut geschminkt?«

Tanja nickte begeistert. Klar, das Farbspektakel in Katrins Gesicht musste man einfach schön finden, wenn man jeden Morgen zwischen verschiedenen Grüntönen aufwachte und der besten Freundin zu zitronengelben Wänden mit Wischtechnik riet.

»Du darfst bloß nicht rumheulen«, sagte Tanja. »Sonst verschmiert alles und dann sieht es nicht mehr so gut aus.«

Katrin streckte mir die Zunge raus. »Ich finde, Tanja ist viel, viel netter als du.« An der Tür drehte sie sich noch mal um und sagte zu meiner Freundin:

31

»Wenn du willst, zeig ich dir, wie David aussieht. Unser Nachbar ist nämlich in einem Buch. Henri hat die ganze Nacht mit dem Buch unter dem Kopfkissen geschlafen, ist das nicht komisch?«

Meine Freundin schaute mich irritiert an, während Katrin hastig den Kunstband durchblätterte.

»Du hast mit dem Buch unter dem Kopfkissen geschlafen?«, fragte Tanja ungläubig. »Warum denn das? Das war doch garantiert ziemlich unbequem ... Wer ist überhaupt dieser David? Müsste ich den kennen? Hast du mir von dem schon erzählt?«

»Erklär ich dir später«, sagte ich. »Ich weiß auch nicht, wie das Buch unter mein Kopfkissen kam«, fügte ich lahm hinzu, bevor Katrin noch irgendetwas Unpassendes sagen konnte.

Mir fiel wirklich kein plausibler Grund für einen kiloschweren Kunstband im Bett ein, unter dem Kopfkissen schon gar nicht, aber das war ohnehin egal, weil Katrin inzwischen die richtige Seite gefunden hatte.

»Gefällt er dir?«, fragte sie. »Er ist wirklich ganz süß! Und er heißt David! Sag schon, gefällt er dir auch?«

Tanja nickte, blätterte ein paar Seiten durch und meinte dann, alle Abbildungen in diesem Buch wären irgendwie besonders und das Bild würde wie eine Fotografie wirken. Aber an irgendjemanden würde der Junge sie erinnern.

»An David«, sagte Katrin mit Nachdruck. »Ich hab doch gerade gesagt, dass er wie David aussieht.«

In diesem Moment klingelte es und Katrin stürmte aus dem Zimmer.

Tanja ließ sich auf mein Bett sinken. »Uff«, meinte sie erschöpft.

Ich nickte. »Was mache ich bloß, wenn Katrin so lange in meinem Zimmer wohnt, bis ihre Mutter endlich von ihrer Fortbildung zurückkommt? Oder bis Robert und Anette sich endlich mal um sie kümmern, wie es eigentlich ausgemacht war. Und das kann dauern!«

Meine Freundin sah mich an. »Ja«, meinte sie gedankenverloren.

Ein bisschen mehr Bedauern hätte sie ruhig äußern können, fand ich, aber bevor ich mich darüber ärgern konnte, sprang sie auf.

»Natürlich!«, rief sie. »Katrin hat Recht. Es ist wirklich verblüffend!« Sie starrte das Bild an. »Er hat tatsächlich Ähnlichkeit mit David. Ziemlich große sogar. Wenn man sich das Drumherum wegdenkt ... « Sie runzelte die Stirn und deckte mit der rechten Hand die Kappe und die Stadtansicht im Hintergrund ab. »Und die komischen Kleider natürlich!«

Also hatte ich mich doch nicht getäuscht! Aber woher kannte Tanja ihn?

»Er spielt Gitarre«, erklärte sie. »Kannst du dich zufällig an das Sommerkonzert im Jugendzentrum erinnern? Nein, da warst du nicht dabei. Jedenfalls ist er da mit einer Band aufgetreten. Du kannst dir gar nicht vorstellen, wie die Mädchen gekreischt haben, als er auf die Bühne kam. Evelyn aus unserer

Klasse ist fast in Ohnmacht gefallen vor Begeisterung.«

Ich musste lachen. »Du auch?«, fragte ich.

Tanja warf mir einen missmutigen Blick zu. »Nein, natürlich nicht, ich war zu der Zeit mit Robin zusammen, falls du dich noch daran erinnerst. Das war genau neun Tage, bevor er plötzlich gemerkt hat, dass ich doch nicht seine ganz große Liebe bin.«

»Ich erinnere mich«, sagte ich schnell, bevor sie noch mal die ganze Trennungsgeschichte erzählen konnte.

»Und wie findest du ihn?«, fragte sie.

»Blöd«, sagte ich nach kurzem Überlegen, »einfach nur blöd.«

Weil es so schrecklich heiß war, beschlossen wir ins Freibad zu gehen. Vorher wollte Tanja noch beim Filmstudio vorbeiradeln.

»Wenn ich mich nicht täusche, ist das gar nicht weit von hier«, sagte sie.

Ich nickte, aber ich war mit meinen Gedanken ganz woanders. Ich musste unbedingt nachschauen, ob Tom mir eine Mail geschickt hatte. Unser Telefon war inzwischen angeschlossen, also musste auch das Internet funktionieren.

»Du hörst mir ja überhaupt nicht richtig zu«, beschwerte sich meine Freundin.

»Doch, doch«, sagte ich schnell und durchwühlte die siebte oder achte oder neunte Umzugskiste. Aber mein neuer Badeanzug blieb verschwunden.

34

»Vielleicht könnte man auch apfelgrün für die Wand nehmen!«, rief Tanja, während ich die zehnte und elfte Kiste durchsuchte. »Oder was hältst du von zartlila? Man muss ja auch mal ein bisschen Mut zur Farbe haben, findest du nicht?«

»Ja«, sagte ich und hielt den hellblauen Mädchenbadeanzug mit Mickymaus-Figuren hoch, den ich soeben in Kiste Nummer zwölf gefunden hatte. »Und zu einem ungewöhnlichen Muster.«

Tanja grinste. »Kann man wohl sagen. Aber ist ja auch egal. Komm, lass uns gehen, bevor es Winter wird.«

Vor dem Haus trafen wir Katrin, die auf dem Rasenstück saß, mindestens acht oder neun ihrer Barbiepuppen um sich versammelt hatte und unverdrossen auf David wartete.

So ungern ich Babysitter bei ihr spielte, in dem Moment tat sie mir fast Leid und ich bot ihr an, mit uns schwimmen zu gehen.

Sie sah mich empört an. »Ich kann hier nicht weg, ich muss auf David warten«, erklärte sie. »Außerdem geht Schwimmbad sowieso nicht, weil dann die ganze Schminke weggewaschen wird.«

Wir wünschten ihr viel Glück und dann radelten Tanja und ich zum Freibad. Das Filmstudio machte bestimmt gerade Mittagspause, hatte ich meiner Freundin erklärt, und wir sollten besser nachmittags dort vorbeigehen.

Man hätte gut ein Schild mit der Aufschrift *Wegen Überfüllung geschlossen* am Eingang anbringen können, so voll war das Schwimmbad.

Auf der Liegewiese drängte sich Handtuch an Handtuch, in den Becken konnte man keinen Meter schwimmen, ohne irgendjemanden anzurempeln, und die große Terrasse des Restaurants war ebenfalls überfüllt.

»Was machen wir denn jetzt?«, fragte Tanja unschlüssig. »So richtig toll ist es hier auch nicht ... Meinst du nicht, wir sollten besser gleich beim Studio vorbeigehen? Stell dir mal vor, die versuchen mich anzurufen und erreichen mich nicht, weil mein Handy hier keinen Empfang hat oder so!«

Ich schüttelte entschlossen den Kopf. »Tanja, wenn die dich wollen, dann erreichen die dich auch, das kannst du mir glauben. Außerdem haben wir Eintritt bezahlt, also bleiben wir auch hier. Irgendwo werden wir doch noch einen Platz finden, oder? So dick sind wir schließlich auch nicht.«

Tanja zuckte die Schultern. »Na gut, wenn du meinst«, murmelte sie.

Wir kämpften uns über die Liegewiese zu dem Wäldchen vor, das das Schwimmbad von der Bundesstraße abgrenzt. Hier war es schattig, und weil der Weg zu den Schwimmbecken ziemlich weit war, auch um einiges leerer.

»Na siehst du«, sagte ich zufrieden und ließ mich unter einer Kiefer nieder. »Hier ist es doch total schön, oder nicht?«

Sie blickte misstrauisch auf den Boden. »Bist du sicher, dass hier keine Ameisenstraße oder so was Ähnliches ist? Es ist doch schon komisch, dass hier kaum jemand ist!«

Ich beruhigte sie und ließ mich ins Gras fallen. Natürlich musste ich gleich wieder an Tom denken. Ich sah ihn neben der braun gebrannten Susan am Strand liegen – im weißen Sand – unter einer Palme. Zwar war ich mir nicht ganz sicher, ob es in Kalifornien Palmen am Strand gab, aber das war auch egal. Tatsache war, dass die Vorstellung, Susan und Tom so nah beieinander zu sehen, mir ziemlich viel ausmachte.

»Ist irgendwas? Du sagst ja gar nichts. Kannst du mich mal eincremen?«, murmelte Tanja mit schläfriger Stimme neben mir.

Ich drehte mich um, träufelte großzügig Sonnenmilch auf ihren Rücken und entfernte dabei gleich noch ein paar Ameisen, die sich verlaufen hatten. Sollten wir uns vielleicht doch in der Nähe einer Ameisenstraße ausgebreitet haben?

Ich hob mein Handtuch ein bisschen an, aber da war nichts. Allerdings wurde dadurch meine Freundin wieder wach.

»Ich hab doch schon die ganze Zeit das Gefühl, dass hier Ameisen sind«, sagte sie und deutete mit spitzen Fingern auf eine Ameise in ihrer Blickrichtung. »Womöglich krieg ich davon eine Allergie. Dann kann ich mir die Rolle beim Film gleich abschminken. Wollen wir nicht lieber mal runter zum

Wasser gehen? Wir können ja eine Runde schwimmen und dann was zu essen holen.«

Im Schwimmbecken war es fast genauso voll wie auf der Liegewiese, aber wenigstens herrlich kühl. Wir schwammen ein paar Runden und wollten uns gerade am Beckenrand kurz ausruhen, da entdeckte ich ihn.

»Sieh mal unauffällig da rüber«, sagte ich leise. »Aber wirklich unauffällig. Dahinten sitzt nämlich David.«

Natürlich drehte Tanja sich so um, dass es das ganze Freibad mitbekam.

»David?«, rief sie. »Wo?«

Am liebsten wäre ich im Boden versunken – soweit so was im Schwimmbecken möglich ist. David hatte sie natürlich gehört. Er winkte uns zu, stand dann auf und kam zu uns herüber.

»Hallo«, sagte er und setzte sich auf den Beckenrand.

Tanja starrte ihn hingerissen an. Man konnte ihre Gedanken förmlich sehen.

»Du bist David, nicht wahr?«, platzte sie heraus. »Henri hat mir schon viel von dir erzählt. Dass ihr jetzt Nachbarn seid und … «

Ich trat ihr gegen das Schienbein, aber leider dämpfte das Wasser den Stoß etwas. Jedenfalls erzählte sie einfach weiter, so, als würde sie David schon seit ewigen Zeiten kennen, fragte ihn nach seiner Band und meinte dann irgendwann, sie würde demnächst in einem Film mitspielen.

Ich kam mir ziemlich überflüssig vor. Außerdem ärgerte ich mich immer noch über die »Barbiepuppe«.

Aber irgendwann versiegte auch Tanjas Redefluss und diese Pause nützte David. »Geht ihr mit Eis essen?«, fragte er schnell. »Auf der Terrasse sind gerade ein paar Plätze frei geworden. Wir müssen uns nur ein bisschen beeilen.«

Tanja war sofort total begeistert. »Tolle Idee«, sagte sie. »Henri und ich hatten das sowieso gerade vor und da können wir ja zusammen gehen.«

»Nein«, sagte ich entschlossen, »ich will kein Eis.« Und dabei tauchte ich noch ein bisschen weiter unter.

Siedend heiß war mir nämlich plötzlich eingefallen, dass ich meinen alten Kinderbadeanzug trug. Eigentlich war mir das ja egal, aber David würde bestimmt grinsen, wenn er die Mickymaus-Figuren sah. Die Barbiepuppe trägt einen Badeanzug mit Comic-Figuren!

Tanja stieß mich an. »Jetzt komm schon«, flüsterte sie. »Sei kein Frosch!«

»Nein«, sagte ich nachdrücklich.

Eigentlich wollte ich David ignorieren, aber irgendwie trafen sich unsere Blicke. Seinen Gesichtsausdruck konnte ich nicht deuten. Nachdenklich? Enttäuscht? Verunsichert? War aber auch egal. Hauptsache, ich musste nicht in diesem blöden Badeanzug neben David auf der Terrasse sitzen. Das würde ich nicht überleben.

Entschlossen tauchte ich unter zwei älteren Frauen durch, kraulte bis zum anderen Ende des Beckens, machte eine Rolle rückwärts und hielt mich dann am Beckenrand fest. Sekunden später kam Tanja angeschwommen.

»Was ist denn mit dir los?«, fragte sie. »Das wäre jetzt *die* Chance für mich gewesen!«

Ich sah sie verständnislos an. »Bist du in ihn verliebt?«

Sie lachte kurz auf. »Henri, du glaubst doch nicht im Ernst, dass ich bei dem Chancen hätte! Nein, mir ist was ganz anderes eingefallen. Das wollte ich dir vorhin noch erzählen, aber dann hast du deinen Badeanzug gesucht und ich hab's irgendwie vergessen.« Sie sah mich besorgt an. »Henri, geht's dir gut? Du hast ganz blaue Lippen. Wollen wir uns nicht lieber wieder in die Sonne legen?«

Ich schüttelte den Kopf. Dieses Becken würde ich erst dann verlassen, wenn hundertprozentig sicher war, dass sich David nicht mehr in der Nähe befand.

»Ich find's gut hier drin«, behauptete ich und bemühte mich, nicht mit den Zähnen zu klappern.

»Na, ich weiß ja nicht«, meinte Tanja. Sie zog sich am Beckenrand hoch und legte sich auf die Platten. »Die Sonne tut wirklich gut, glaub mir. Du solltest besser rauskommen.«

»Erzähl jetzt endlich, was du vorhin sagen wolltest«, forderte ich meine Freundin auf.

Sie nickte. »Klar, das kannst du ja alles gar nicht

wissen. Mir ist nämlich eingefallen, dass David mit Nachnamen ›Regner‹ heißt. Und jetzt rate mal, wie der Mensch heißt, der das Casting im Filmstudio gemacht hat? Kommst du drauf?«

»Regner«, sagte ich und überlegte, ob die Wassertemperatur in den letzten Minuten rapide gesunken war. Ich fror fürchterlich.

Tanja lachte. »Genau. Und du ahnst jetzt bestimmt auch, was ich mir die ganze Zeit überlege. Der Name ist nämlich nicht so häufig, oder? Vielleicht ist David ja mit diesem Regner verwandt. Verstehst du jetzt, warum ich unbedingt mit ihm Eis essen gehen wollte? Das wäre meine Chance gewesen! Ich versteh überhaupt nicht, warum du so komisch reagiert hast.« Ratlos zupfte sie an einem ihrer knallrot lackierten Fingernägel herum, dann sah sie mich forschend an. »Henri, weißt du, dass du vorhin ganz rot geworden bist? Was ist los mit dir? Hast du dich etwa in David verliebt?«

»Nein«, sagte ich mit Nachdruck, »im Gegenteil. Mir geht David lediglich auf den Geist.«

Und weil inzwischen sowieso alles egal und ich halb erfroren war, verließ ich das Becken. Von ihm war nichts mehr zu sehen.

Um Tanja einigermaßen zu versöhnen, schlug ich vor, direkt zum Studio zu fahren. Nach längerem Suchen fanden wir schließlich das lang gezogene Gebäude mit der Aufschrift *New World Filmproductions* am Rande des Industriegebiets.

Ein Mann mit langen blond gefärbten Haaren hatte sich einen Stuhl vor den Eingang gestellt und löste Kreuzworträtsel.

»Der passt auf, dass niemand einfach so reingeht. Falls gerade gedreht wird«, erklärte mir Tanja und winkte ihm zu. »Hi. Ich war gestern schon mal da, du erinnerst dich bestimmt, und wollte nachfragen, ob … «

Er blickte kaum von seiner Zeitschrift auf. »Du wirst benachrichtigt. Nächste Woche spätestens. Und tschüss!«

»Aber … «

Der Typ stöpselte den Ohrhörer ein, der neben ihm auf einem Campingtisch lag. Audienz beendet, hieß das wohl.

»Komm, Tanja«, sagte ich, »das hat keinen Zweck hier, das merkst du doch selbst. Wir fahren besser zu mir nach Hause.«

Sie nickte und schniefte dabei leise.

»Wenigstens hab ich ein Autogramm von Tim«, sagte sie, als wir wieder auf unsere Fahrräder stiegen. »Meine Mutter hat gemeint, das kann irgendwann noch mal richtig wertvoll werden.«

Niemand war zu Hause. Dafür hing in der Diele ein großer Zettel. *Sind noch mal in die alte Wohnung gefahren!* ***Aufräumen!*** Das letzte Wort war fett unterstrichen. Vermutlich hatte sich Anette ziemlich geärgert, dass sie helfen musste, während ich schwimmen gegangen war. Ich holte einen Schokoladenkuchen aus dem Vorratsschrank und setzte mich mit Tanja in den Garten.

»Ich hab mir gerade was überlegt«, meinte meine Freundin nach einer Weile. Sie sah mich nachdenklich an. »Wenn mir meine Mutter Gesangsunterricht bezahlen würde, dann könnte ich vielleicht irgendwann bei der Band von David mitmachen. 'ne gute Sängerin wird bestimmt überall gebraucht. Und ich hab ja dann auch so 'ne Art Ausbildung. Was hältst du davon?«

Natürlich hätte ich sagen müssen, dass ein paar Stunden Gesangsunterricht noch keine Sängerin aus ihr machen würden, aber ich traute mich nicht. Ich wollte ihr einfach nicht wehtun.

Plötzlich klingelte das Telefon.

Es war Mama, die mir mitteilen wollte, dass das Aufräumen doch länger dauern würde. »Bei uns wird's wahrscheinlich etwas später. Robert kommt übrigens auch mit. Und sorg bitte dafür, dass Katrin nicht im nassen Badeanzug rumrennt und pünktlich im Bett ist.«

»Katrin?«, fragte ich erstaunt. »Aber Katrin ist doch gar nicht ... «

»Wie bitte?«, unterbrach mich meine Mutter. »Ist Katrin etwa nicht bei euch? Ihr wart gerade mal eine Minute weg, da wollte sie mit dem Rad auch ins Schwimmbad und ich hab ihr gesagt, wenn sie sich beeilt, erwischt sie dich und Tanja noch. Sie ist doch bei euch, oder?«

»Alles in Ordnung«, murmelte ich. »Du musst dir

keine Sorgen machen. Klar ist Katrin hier. Ich meinte bloß, dass es vielleicht noch ein bisschen früh ist, um ins Bett zu gehen. Aber wenn du meinst, sag ich ihr, dass sie schlafen gehen soll.«

Hastig legte ich auf.

»Du bist ja total blass«, stellte Tanja fest, als ich an der Terrassentür stand. »Garantiert bist du zu lange im Wasser geblieben und hast dir jetzt irgendwas geholt. Meine Mutter hat erzählt, dass eine Kollegin von ihr letztes Jahr im Urlaub ... «

»Katrin ist verschwunden«, sagte ich tonlos. »Sie wollte ins Schwimmbad nachkommen, aber dort hat sie uns wahrscheinlich nicht gefunden und jetzt ... Mist, sie ist doch erst sieben und sie kennt sich hier gar nicht aus. Was machen wir denn?«

Lieber Gott, bitte mach, dass Katrin nichts passiert ist, dachte ich, während Tanja und ich zurück zum Schwimmbad radelten. Ich werde nie wieder schwindeln oder meine Eltern ärgern oder heimlich Anettes Klamotten anziehen oder Robert doof finden ...

»Mist«, unterbrach Tanja meine guten Vorsätze. Sie deutete auf das riesige Plakat: *Wegen Betriebsversammlung heute bereits um 18 Uhr geschlossen.*

»Wir fahren wieder zurück«, entschied ich. »Ich muss meine Eltern anrufen und Robert Bescheid sagen. Immerhin ist Katrin das Kind seiner Schwester und er muss entscheiden, was wir jetzt tun.«

»Henri, hör mal, wir haben ja im Haus noch gar

nicht geguckt. Vielleicht ist Katrin doch nicht ins Schwimmbad, sondern in euer Zimmer hoch und ist eingeschlafen. Das ist mir neulich mal passiert. Ich wollte mich nur kurz hinlegen, nachmittags, während der Hausaufgaben, und ich bin dann erst wieder aufgewacht, als Simon mit der Leiter umgekippt ist. Er wollte nämlich eine Birne auswechseln. Und da war es dann auch schon halb acht.«

Ich nickte. Natürlich, so könnte es gewesen sein. Oder Katrin war in das Arbeitszimmer meiner Eltern geschlichen, hatte den Fernseher angemacht und nützte die Gelegenheit aus.

Mir ging es jedenfalls schon wesentlich besser, als ich die Haustür aufschloss.

Gemeinsam durchsuchten wir Zimmer für Zimmer, öffneten Schränke, schauten unter Betten, kämpften uns durch leere und halb leere Umzugskartons bis in den Keller – umsonst. Von Katrin nirgends eine Spur.

»Ich ruf jetzt meine Eltern an«, sagte ich.

Tanja nickte. »Wenn du nichts dagegen hast, geh ich solange in den Garten«, meinte sie.

Ich konnte sie verstehen.

Als ich das Telefon in der Hand hielt, zögerte ich kurz. Sollte ich meinen Eltern gleich die ganze Wahrheit sagen? Dass Katrin nie bei uns im Schwimmbad aufgetaucht war und dass wir keine Ahnung hatten, wo sie sein könnte?

»Komm mal raus!«, rief Tanja. Sie hatte die Terrassentür aufgestoßen und deutete in den Garten.

»Komm mal raus, Henri, ich glaube … aber ich bin mir nicht sicher …«

»Ich muss erst anrufen!«

»Nein, komm mal in den Garten! Vielleicht täusche ich mich ja, aber …«

In dem Moment hörte ich es auch. Ein lautes Lachen, ein Lachen, das irgendwann in ein Kreischen überging, ein Lachen, wie es nur ein Mensch auf der Welt hat: Katrin.

Ich stürzte in den Garten.

»Katrin? Wo bist du?«

Sofort war alles ruhig.

Tanja deutete zum Nachbargarten. »Katrin ist da drüben, das Lachen kam von dort! Ich bin mir ganz sicher.«

Mit aller Kraft zwängte ich mich durch die hohe Thujahecke, Tanja dicht hinter mir. Plötzlich stand ich auf dem Nachbargrundstück, mitten in einem Blumenbeet, und da sah ich sie: Katrin turnte auf einer Hollywoodschaukel herum und schien sich prächtig zu amüsieren.

Mit einigen großen Schritten war ich bei ihr. Und dann, ich wusste auch nicht, wie, rutschte mir die Hand aus und ich gab ihr eine Ohrfeige.

»Spinnst du?«, kreischte sie. »Was hab ich denn gemacht?«

Ich konnte nicht mehr. Ich konnte nur noch heulen.

Zu dritt

saßen wir in der Hollywoodschaukel: Katrin, die immer noch ein bisschen heulte, daneben ich und neben mir Tanja, die auch ein paarmal verdächtig geschnieft hatte.

Vor uns stand David und sah uns ziemlich ratlos an. »Ihr wolltet ja nicht mit mir Eis essen gehen, da bin ich eben nach Hause«, erzählte er, »und unterwegs ist mir Katrin begegnet.«

»Ich hab nicht genau gewusst, wo das Schwimmbad ist«, erzählte sie. »Deine Mutter hat mir gesagt, ich muss immer auf dem Radweg bleiben. Aber irgendwann kam 'ne Kurve und dann wusste ich nicht mehr, wo's langgeht.«

»Sie saß unter einem Baum und hat sich aus Blumen eine Kette gebastelt«, fuhr David fort. »Ich hab zu ihr gesagt, dass das Schwimmbad total voll ist und dass sie euch bei den vielen Leuten wahrscheinlich nicht findet. Also sind wir zum Maibach geradelt und haben dort die Füße ins Wasser gesteckt.«

»Und Papierschiffchen fahren lassen. Henri, da müssen wir unbedingt mal hin.«

»Und dann waren wir Eis essen.« Er blickte kurz zu mir rüber. »Katrin fand die Idee, Eis essen zu gehen, gar nicht so übel. Und jetzt sind wir hier.« David grinste. »Wenn ich gewusst hätte, dass das solche Verwicklungen mit sich bringt, hätte ich Katrin natürlich sofort nach Hause geschickt.«

Ich stand auf. Ich war total wütend. Auf Katrin, die schon wieder übermütig auf einem Baum herumkletterte. Und auf David! Der hätte sich schließlich denken können, dass ich mir Sorgen machen würde! Entschlossen stand ich auf.

»Wir gehen jetzt. Komm endlich, Katrin.«

Sie schimpfte natürlich sofort rum, dass es bei David im Garten viel lustiger sei als bei uns, aber ich schüttelte nur den Kopf. Strafe muss sein!

»Du bist jetzt bestimmt ganz sauer auf mich wegen Katrin«, sagte David und sah mich an. »Kann ich das irgendwie wieder gutmachen? Wo wir jetzt Nachbarn sind, sehen wir uns garantiert häufiger …«

»Ich glaube kaum«, sagte ich kühl und kam mir dabei ziemlich gut vor.

Treffer! David zuckte ziemlich betreten die Schultern.

»Barbie« würde er garantiert nie wieder zu mir sagen!

»Warum bist du denn so schlecht gelaunt?«, mischte sich Tanja ein. »Ich finde, wir können ruhig noch ein bisschen hier bleiben. Jetzt, wo alles gut ausgegangen ist.« Sie sah mich eindringlich an und machte mir hinter Davids Rücken Zeichen.

Natürlich kapierte ich sofort: Sie hoffte immer noch, dass David irgendwas mit diesem Menschen vom Filmstudio zu tun hatte.

»Ich hol uns was zu trinken«, bot er an. »Ich hab vorhin nämlich ein neues Fruchtsaftgetränk zusammengemixt und ihr könnt mir vielleicht sagen, ob es genießbar ist oder nicht. Wenn ihr es ohne größeren Schaden überlebt, dann schmeiß ich vielleicht die Schule und werde Fruchtsaftunternehmer!«

Tanja stieß mich an. »Komm, Henri, sei kein Frosch.«

»Na gut, aber nur fünf Minuten«, murmelte ich. David würdigte ich keines Blickes.

»Ich finde ihn unheimlich süß. Und das hat nichts damit zu tun, dass er vielleicht irgendwelche familiären Verbindungen zum Film hat«, raunte Tanja mir zu, als David mit Katrin ins Haus ging, um Saft und Gläser zu holen. »Kannst du nicht ein bisschen weniger unfreundlich zu ihm sein? Für die Sache mit Katrin kann er nun wirklich nichts. Sei froh, dass sie wieder heil aufgetaucht ist. Eigentlich müsstest du David sogar richtig dankbar sein.«

Ich nickte gedankenverloren. Wahrscheinlich hatte meine Freundin Recht. Die Hauptsache war, dass Katrin wieder da war. Und in fünf Wochen und zwei Tagen würde Tom zurückkommen und alles würde wie früher sein. Hoffte ich wenigstens.

Tanja sah mich an. »Träumst du?«

»Ja«, sagte ich bloß.

49

»Oh nein«, murmelte meine Freundin nach einer Weile und deutete mit dem Kopf zur Terrassentür. »Die hat uns gerade noch gefehlt.«

Ich drehte mich um. Katrin balancierte stolz ein Tablett voller Gläser, David trug einen Saftkrug, neben sich Evelyn aus unserer Klasse. Ihr Freund Marc schlich mit missmutigem Gesicht hinterher. Garantiert hatte sie mal wieder rumgezickt und jetzt war dicke Luft bei den beiden.

»Was machen die denn hier? Hat sie nicht erzählt, dass sie mit Marc nach Italien fährt?«

Marc hatte leider einen wichtigen Auftrag von seinem Chef bekommen, deshalb hatten sie den Urlaub in Italien absagen müssen, informierte uns Evelyn ungefragt.

»Da dachten wir, wir kommen kurz bei dir vorbei«, sagte Evelyn zu David, »damit du dich nicht so allein fühlst.« Sie lachte ihn an und warf ihre frisch gefärbten Haare zurück, schien aber vor allem Marc im Blick zu haben. Bestimmt wollte sie ihn eifersüchtig machen.

»Ach, du bist ganz allein?«, fragte Tanja David. »Sind deine Eltern nicht da? Sag mal, dein Vater ist nicht zufällig beim Film? Oder irgendjemand aus deiner Verwandtschaft?«

Aber David schien ihre Frage gar nicht gehört zu haben. Behutsam schenkte er mir ein Glas mit einer honigfarbenen Flüssigkeit ein.

»Probier mal«, sagte er. Und dann: »Bist du jetzt wieder besser drauf?«

50

Wir schauten einander an, als ich das Glas austrank und er mir nochmals einschenkte.

»Für die Barbiepuppe«, sagte er so leise, dass nur ich es hören konnte.

Eine Minute vorher war ich mir noch sicher gewesen, dass ich ihn ohrfeigen würde, sollte er mich jemals wieder Barbiepuppe nennen. Aber jetzt …

»Verdammt, mich hat irgendwas gestochen!«, kreischte Evelyn und hielt mit beiden Händen ihren linken Fuß fest. »Ich bin bestimmt auf eine Biene oder Wespe getreten.«

»Damit muss man rechnen, wenn man barfuß über den Rasen läuft«, erklärte Tanja mitleidlos.

Evelyn jammerte noch ein bisschen rum, sodass David und Marc sich die Stelle, wo sie angeblich gestochen worden war, genauer anschauten. Als das Interesse an ihrem angeblichen Stich etwas erlahmte, ließ sie sich schließlich in einen Campingstuhl sinken.

Inzwischen hatten Tanja und Katrin von dem Saft probiert und überschlugen sich vor Begeisterung.

»Ehrlich«, meinte Tanja schließlich, nachdem sie das dritte Glas auf einen Zug ausgetrunken hatte, »ich hab noch nie einen so leckeren Saft getrunken.« Sie strahlte David an. »Einfach super. Du kannst Fruchtsaftunternehmer werden!«

Katrin drängte sich zwischen die beiden. »Wie heißt denn der Saft?«, wollte sie wissen, während sie David ihr Glas hinhielt, damit er nachschenkte.

David schaute nachdenklich auf den halb leeren

51

Krug. »Ich hab Pfirsiche durch den Mixer gejagt und Himbeeren, Johannisbeeren und Aprikosen … Sollen wir den Saft vielleicht Pfihi oder Johap nennen?«

Katrin fand den Namen toll. Sie wollte sich ausschütten vor Lachen, aber Tanja meinte, Pfihi sei mindestens so kindisch wie Johap und er solle lieber einen richtigen Namen nehmen.

»Zum Beispiel einen Namen, von jemandem, den man nett findet, den man gerne mag«, schlug sie vor, als sie sein ratloses Gesicht sah. »Verstehst du, was ich meine?«

Tanja, bitte sei doch ruhig, was soll der Quatsch!, hätte ich am liebsten gerufen, aber Evelyn fand den Vorschlag »super«, wie sie immer wieder betonte. Sie lehnte sich an Davids Schulter, so, als sei sie mit ihm und nicht mit Marc zusammen. Einen Moment lang kam mir der Verdacht, dass sie nicht nur ihren Freund eifersüchtig machen wollte, sondern auch ein bisschen in David verliebt war.

»Und?«, fragte sie und lächelte David dabei ganz merkwürdig an. »Hast du jetzt endlich einen Namen für das Zeug?«

David, der in der kurzen Zeit, die ich ihn kannte, fast immer einen total selbstsicheren Eindruck gemacht hatte, schaute zu Boden. Alles an ihm drückte Unbehagen aus, auch die Art, wie er neben Evelyn stand. Ich empfand es wenigstens so.

Es war ganz still. Vielleicht lag es ja an der immer noch drückenden Hitze, dass plötzlich niemand mehr ein Wort sagte. Der Himmel war grau und dun-

52

kel geworden und es würde nicht mehr lange dauern, dann würden die ersten schweren Regentropfen fallen.

»David?« Evelyn schnippte mit Daumen und Mittelfinger gegen seinen Arm. »Jetzt sag schon!«

David lachte plötzlich auf. »Rudi!«, brachte er unter Lachen schließlich hervor. »Ich hab's: Der Saft heißt Rudi!«

Wahrscheinlich guckte niemand von uns besonders geistreich.

David deutete auf die kleine grau getigerte Katze, die auf einem Mauervorsprung saß und sich gelangweilt putzte. »Rudi, was hältst du davon, wenn dieser grandiose Saft nach dir benannt wird?« Er lachte wieder.

Katrin war die Einzige, die mitlachte. Sie tanzte um uns herum und rief immer wieder: »Rudi, Rudi, ich will noch mehr Rudi!«

Ich packte sie schließlich mehr oder weniger sanft an den Oberarmen und bat sie, endlich ruhig zu sein.

In der Ferne hörte man leises Donnergrollen.

»Ich glaube, wir gehen jetzt besser«, sagte ich. »Danke für den Saft.«

»Danke, dass du noch geblieben bist«, sagte David, aber er blickte mich dabei nicht an.

Wir hatten Katrin in die Badewanne gesteckt, eine Luftmatratze für Tanja neben mein Bett gelegt und kochten jetzt auf dem Campingkocher Spaghetti.

»Ist irgendwas?« Ich wunderte mich über Tanja, die plötzlich ganz ruhig geworden war.

Eigentlich hatte ich ja mehr Grund zum Grübeln. Tom hatte mir keine Mail geschickt, nichts, gar nichts! Einen Moment lang war ich total wütend, aber dann fiel mir ein, dass das Internet ja einige Tage nicht angeschlossen gewesen war. Vielleicht kreiste die Mail irgendwo im Weltall zwischen Kalifornien und Deutschland rum und brauchte noch ein Weilchen, bis sie mich endlich erreichte.

»Und?«, wiederholte ich, während meine Freundin nachdenklich die Spaghetti umrührte.

Sie sah mich unsicher an. »Ich hab nur gerade nachgedacht«, meinte sie schließlich. »Über Evelyn und Marc und David.« Sie lächelte. »Weißt du, was? Du kümmerst dich einfach um die Spaghettisoße und ich renn noch mal schnell zu David rüber und frag ihn, wie er den Saft gemacht hat. Vielleicht verrät er mir ja das genaue Rezept. Mir hat der Saft nämlich unheimlich gut geschmeckt.«

Ich wollte noch etwas sagen, aber Tanja war schon aus der Küche.

Ich schnitt zwei Zwiebeln klein und war gar nicht so unglücklich darüber, einen Moment lang allein zu sein. Ich brauchte einfach ein paar Minuten, um über den Nachmittag nachzudenken.

Mir fiel wieder ein, wie David gesagt hatte: Danke, dass du noch geblieben bist. Eigentlich hätte er doch sagen müssen: Danke, dass ihr noch geblieben seid. Und warum hatte er mir dabei nicht in die Augen sehen können? Wahrscheinlich hatte er das gar nicht ehrlich gemeint. Hundertprozentig war ich ihm total auf den Geist gegangen, mitsamt der kreischenden Katrin, die sich gleich an ihn drangehängt hatte. Vielleicht hätte er den Nachmittag lieber allein mit Evelyn verbracht?

Und warum meldete sich Tom nicht?

Ich wischte eine Träne weg und beschloss, auf weitere Zwiebeln zu verzichten. Vielleicht kam die Heulerei aber auch gar nicht von den Zwiebeln!

Ich deckte den Tisch. Meine Eltern hatten angerufen, dass sie spätestens in einer Viertelstunde mit Anette kommen würden, und waren ganz begeistert, als sie hörten, dass wir gekocht hatten.

Katrin, frisch aus der Badewanne, quengelte zwar ein bisschen rum, dass sie unbedingt Eis oder Pudding haben wollte, wurde aber sofort ruhig, als ich sagte: »Wenn das David hören würde!«

Dieser Satz schien eine hervorragende erzieherische Wirkung zu haben, denn sie setzte sich mit einem Märchenbuch an den Tisch und quengelte kein bisschen mehr. Ich spähte vorsichtig aus dem Küchenfenster. Wenn ich meine Nase direkt an das Fensterglas presste, konnte ich den Eingang zum Nachbarhaus erkennen. Ich hoffte bloß, dass ich von draußen nicht genauso gut gesehen werden konnte.

Die Eingangstür war geschlossen. Komisch, ich hatte eigentlich erwartet, Tanja und David an der Tür zu sehen. Ob Evelyn noch da war? Und warum kam Tanja nicht?

Ich blickte auf die Uhr. Leider konnte ich mich nicht erinnern, wann meine Freundin rübergegangen war, aber dem Zustand der Spaghetti nach zu schließen, musste das schon vor einer ganzen Weile gewesen sein. Vielleicht sollte ich einfach mal anrufen und fragen, was los war.

In dem Moment hörte ich den Schlüssel in der Haustür. Meine Eltern und Anette waren zurück.

»Nicht schon wieder Spaghetti«, nörgelte Anette. »Und dann hast du garantiert wieder jede Menge Sahne an die Soße gemacht. Robert ist auch der Meinung, dass man nur Tomaten nehmen sollte.«

Natürlich hätte ich sagen können, sei bloß froh, dass ich überhaupt was gekocht habe, und was Robert mag oder nicht, das ist mir sowieso egal und außerdem ist er gar nicht da, aber ich tat lieber so, als hätte ich ihr Nörgeln nicht gehört. Anette hatte mal wieder einen ihrer schlechten Tage. Die meisten Tage waren für sie schlechte Tage, und das hatte meistens was mit Robert zu tun.

»Wollte Robert nicht kommen?«, fragte Paps arglos, während er sich die zweite Portion Spaghetti aufhäufte. »Ich hatte so was im Hinterkopf, dass er heute Abend ...«

»Das ist ganz allein meine Sache!«, rief Anette und sprang auf. »Das geht überhaupt niemanden was an. Mein Privatleben wird hier nicht am Abendbrottisch diskutiert.« Sie rannte ins Wohnzimmer.

»Sie hat mal wieder Probleme mit Robert«, erklärte Mama und bemühte sich, so leise zu sprechen,

56

dass Katrin nichts davon mitbekam. »Aber das geht wieder vorbei.«

Katrin nickte. »Meine Mama sagt immer, Anette ist viel netter als die Anke, und sie findet es doof, dass er mit der verheiratet ist«, sagte sie laut.

»Wie bitte?« Anette musste schon einen Moment lang an der Küchentür gestanden haben. Sie war kreideweiß. »Robert ist verheiratet? Mit einer Anke?«

Katrin nickte, aber sie wirkte leicht verunsichert.

Meine Eltern sahen sich an.

»Mir ist schlecht«, schluchzte Katrin, nachdem minutenlang niemand etwas gesagt hatte. »Ich mag keine Spaghetti mehr. Ich will schlafen gehen.«

»Anette, warte doch!«, rief meine Mutter, aber Anette war bereits türenknallend aus dem Haus gerannt. Garantiert würde sie sich jetzt endgültig von Robert trennen.

»Also, das hätte ich ihm nicht zugetraut. Er macht doch eigentlich einen ganz soliden Eindruck«, sagte Paps und schob seinen halb vollen Teller zurück. »Ich hab plötzlich auch keinen Hunger mehr.« Er schüttelte den Kopf. »Robert verheiratet? Wie man sich doch täuschen kann.«

»Dann wird Anette bald wieder hier wohnen«, seufzte meine Mutter.

»Aber nicht in meinem Zimmer«, sagte ich laut. »Wir sind nämlich bereits zu dritt!«

57

Warum kam Tanja eigentlich nicht wieder?

Ich klingelte bei David, zuerst höflich, dann zunehmend wütender. Im Grunde war er an allem schuld. Was bildete er sich eigentlich ein? Dass er unwiderstehlich war? Bloß weil Evelyn und noch ein paar Mädchen ihm hinterherrannten!

Ich ließ einfach den Finger auf dem Klingelknopf. Aber niemand öffnete. Das Haus war wie ausgestorben.

»David!«, rief ich laut. »Tanja!« Und dann: »Verdammt noch mal!« Auf der Hauptstraße vorne hörte ich einen Autofahrer laut hupen, dann war es wieder still. Ich klingelte noch ein letztes Mal, dann ging ich nach Hause.

Zum zweiten Mal an diesem Abend schaute ich nach, ob Tom vielleicht doch geschrieben hatte. Aber wieder: Fehlanzeige!

Ziemlich genervt saß ich am Küchentisch, als Tanja endlich erschien.

»'tschuldige«, meinte sie bloß und griff nach den kalten Spaghetti. »Ich musste mit David über meine Karriere reden. Ist irgendwas? Du guckst so komisch?«

»Anette hat Stress mit Robert«, sagte ich.

»Das ist doch normal bei den beiden.« Sie schüttelte den Kopf. »Oder war das je anders? Ich kann mich nicht erinnern.«

Ich seufzte. »Ist ja auch egal. Tanja, ich versteh einfach nicht, warum Tom sich nicht meldet. Neulich hat er mir gerade mal zwei Zeilen gemailt und ich hab ihm eine seitenlange Mail zurückgeschrieben, aber er hat gar nicht darauf reagiert.«

»Du machst dir Sorgen wegen Susan, stimmt's?«

Ich nickte und fühlte mich einen Moment lang furchtbar elend. Es war doch nicht normal, dass er sich einfach nicht meldete! Irgendwie musste ich rauskriegen, was mit Tom los war. Und das möglichst schnell, bevor ich noch durchdrehte.

Plötzlich hatte ich eine Idee.

»Lass uns zu der Caberg gehen«, sagte ich. »Über die kriegen wir garantiert was raus!«

»Bist du verrückt?« Tanja sah mich entsetzt an. »Es ist gleich neun Uhr! Wir können doch nicht … Okay, wir können.« Sie hatte Anette unten an der Treppe gehört, und das gab den Ausschlag.

Kurz vor halb zehn standen wir in der Luisenstraße. Ich hatte inzwischen zwar ein bisschen Bedenken – es war nicht unbedingt die Uhrzeit, zu der man normalerweise seiner Mathelehrerin einen Besuch abstattete –, aber immerhin war es noch hell und die Straße war ziemlich belebt.

Nach dem vierten Klingeln wurde der Türöffner gedrückt und wir rannten die Treppe ins vierte Stockwerk hoch.

Wenn die Caberg erstaunt war, uns zu sehen, so ließ sie es sich jedenfalls nicht anmerken.

Sie griff nach einem gestreiften Bademantel, aber ich hatte ihren mit Märchenfiguren bedruckten Schlafanzug gleich gesehen. Willkommen im Club,

59

dachte ich bei dem Gedanken an meinen hellblauen Mickymaus-Badeanzug.

»Na, das ist aber eine Überraschung«, meinte sie, »eigentlich eher eine Gedankenübertragung. Euch zwei schickt der Himmel. Ich hab mir nämlich die ganze Zeit schon überlegt, an wen ich mich wenden könnte. Mit der modernen Technik kenne ich mich einfach nicht so richtig aus.«

Frau Doktor Caberg erzählte uns, dass sie sich extra einen Internet-Anschluss besorgt hatte, damit Dietmar ihr jeden Tag berichten konnte, wie es ihm ging. Leider machte ihr die Bedienung ziemliche Schwierigkeiten, sie hatte also noch keine einzige Mail lesen können.

»Mit dem Anrufen nach Amerika ist das ja auch so eine Sache«, fügte sie hinzu. »Zum Schluss ist man ein halbes Vermögen los und hat nur zwei, drei Worte gewechselt.«

Wir beruhigten sie und erklärten ihr, dass wir mit dem Internet überhaupt keine Probleme hätten. Wenn sie wollte, würden wir gleich eine Mail für sie schreiben.

Die Caberg war total begeistert. Sie brachte uns Kekse und Saft, während wir uns vor ihren Computer setzten. Es war überhaupt nicht schwierig, die E-Mails, die Dietmar Caberg jeden Tag brav seiner Mutter geschickt hatte, aufzurufen.

»Wir drucken sie Ihnen einfach aus«, sagte ich und einen Moment lang befürchtete ich, die Caberg würde mir vor lauter Begeisterung um den Hals fallen.

Natürlich konnten wir die Mails von Dietmar nicht einfach so lesen und zu fragen, was denn jetzt mit Tom sei und warum er sich nicht bei mir meldete, traute ich mich auch nicht.

»Würde es euch sehr viel ausmachen, Dietmar zurückzuschreiben?«, fragte die Caberg, nachdem sie alle Mails ihres Sohnes gelesen hatte. »Ich habe den Eindruck, es wird noch eine Weile dauern, bis ich mit dem Internet so richtig zurechtkomme.«

»Nein, das ist überhaupt kein Problem für uns«, sagte ich schnell und zum ersten Mal fand ich es richtig gut, dass die Caberg eine so altmodische Lehrerin ist, für die der Taschenrechner bereits der Gipfel des Fortschritts ist.

Lieber Dietmar, schrieb ich also nach ihrem Diktat, *ich freue mich sehr zu hören, dass dir Kalifornien und Amerika so gut gefällt. Wenn du Halsschmerzen hast, solltest du auf alle Fälle einen Wollschal tragen. Nimm doch bitte den rot karierten, der ist wärmer als der blaue. Dass du jeden Tag Socken und Unterwäsche wechseln solltest, muss ich dir wohl nicht extra sagen, dafür bist du ja alt genug. Melde dich bitte jeden Tag, damit ich weiß, wie es dir geht. Es grüßt dich, deine Mutter.*

Tanja hatte Mühe ein Kichern zu unterdrücken. Ich ließ Frau Doktor Caberg den Text auf dem Bildschirm nochmals durchlesen, sie verbesserte, nachdem sie im Duden nachgeschlagen hatte, einen Rechtschreibfehler und nickte dann zufrieden.

»Das habt ihr wirklich wunderschön gemacht«, sagte sie. »Wollt ihr vielleicht noch ein paar Kekse?«

Im ersten Moment wollte ich ablehnen, aber dann nickte ich. »Und kann ich bitte noch ein Glas Wasser haben?«, fügte ich hinzu, als die Caberg bereits aufgestanden war. »Mit Eiswürfeln vielleicht?«

Damit würde die Caberg mindestens drei, vier Minuten beschäftigt sein.

Rasch tippte ich weiter, während Tanja an der Tür stand.

»Sie kommt«, flüsterte sie schließlich.

Schnell drückte ich auf *E-Mail versenden.*

»Ich kann die nächsten Wochen keine Kekse mehr sehen«, sagte meine Freundin, als wir Minuten später unsere Räder aufschlossen.

Mit spitzen Fingern steckte sie die Familienpackung Kaffeegebäck, die die Caberg uns am Schluss noch mitgegeben hatte, in ihren Rucksack.

»Aber es hat geklappt«, sagte ich. »Morgen wissen wir hoffentlich mehr.«

»Und?«, fragte Tanja. »Was hast du in die Mail an Dietmar noch dazugeschrieben?«

»*Lass mich doch bitte wissen, wie es dir und Susan geht. Seid ihr immer noch befreundet? Und was macht Tom?* Und?«, fragte ich. »Was hältst du von dem Text?«

»Genial!« Tanja war total begeistert. »Das war 'ne Superidee. Wir müssen nur morgen wieder zur Caberg und die E-Mail lesen.«

Anette schien sich mit Robert wieder halbwegs zu vertragen, denn als wir nach Hause kamen, hörte ich die beiden im Garten miteinander reden.

»Pst«, machte meine Mutter, als sie mich sah. »Geh bloß nicht nach draußen.«

Ich sah sie fragend an.

Sie lachte nervös auf. »Robert ist kurz nach Anette gekommen und dann gab's natürlich einen Riesenstreit. Erstens weil er zu spät kam und zweitens ... Er behauptet, er sei nicht verheiratet und er werde nach seinen jetzigen Erfahrungen auch nie im Leben heiraten.« Sie holte tief Luft. »Na ja, immerhin reden die beiden inzwischen schon wieder ruhiger miteinander«, fügte sie hinzu, als sie mein ratloses Gesicht sah. »Paps will jedenfalls mit dem Ausbau des Dachgeschosses noch ein paar Tage warten. Falls Anette doch hier einziehen möchte, dann kann er sich immer noch dranmachen. Und bis dahin ... «

»... muss sie sich damit abfinden, dass mein Zimmer belegt ist«, unterbrach ich meine Mutter, und weil ich nach den vielen Keksen Appetit auf etwas Herzhaftes hatte, machte ich für Tanja und mich Käsebrote mit Gurke und Tomate.

Tanja lag bereits auf der Luftmatratze und Katrin schlief tief und fest.

»Aber auch erst seit einer Minute«, sagte meine Freundin. Ihre Stimme klang ein bisschen gestresst. »Stell dir vor, ich musste ihr ... Igitt, was ist das für ein Riesenvieh dort am Fenster?« Sie war aufgesprungen und griff nach ihrer Brille.

»Sei doch leise«, sagte ich, »sonst wacht Katrin wieder auf.« Ich öffnete das Fenster und die grüne Riesenheuschrecke, die sich in mein Zimmer verirrt hatte, schwirrte ab. »Zufrieden?«

Tanja nickte und griff nach dem Teller, den ich auf den Nachttisch gestellt hatte.

»Eigentlich bin ich total satt und außerdem hundemüde«, murmelte sie mit vollem Mund.

Irgendein unbekanntes Geräusch weckte mich.

Ich knipste das Licht an, um auf die Uhr zu schauen. Dabei stieß ich den Wecker um und Tanja wachte auch auf.

»Wie spät ist es denn?«, fragte sie schlaftrunken. »Und warum hast du mich geweckt?«

»Ich weiß nicht, wie spät es ist. Der Wecker ist mir gerade runtergefallen und ich komm da im Moment nicht dran«, flüsterte ich.

»Ist ja auch egal, es sind ja schließlich Ferien«, murmelte sie. »Was würdest du davon halten, wenn ich in Davids Band mitmache? Falls das mit dem Film nicht klappen sollte.«

»Ich weiß nicht so genau«, sagte ich. »Aber ich wollte dich auch was fragen. Als ich heute Abend bei David geklingelt habe, hat niemand aufgemacht. Was war da los?«

»Kann ich dir das nicht morgen erzählen?« Tanja gähnte. »Na gut, wenn du es unbedingt wissen willst! Also: Es war einfach wunderschön! Wir haben uns in die Hollywoodschaukel gesetzt, Rudi-Saft getrunken und irgendwann hat er meine Hand genommen und gesagt, dass ich ganz anders sei als die anderen Mädchen. Und dann … «

»Was hat er gesagt?«

Tanja verdrehte die Augen. »Dass ich ganz anders sei als die Mädchen, die er bisher kennen gelernt hat.«

Ich überlegte einen Moment lang, wo ich diesen Satz schon mal gehört hatte, da prustete meine Freundin los.

»Guck nicht so komisch!«, lachte Tanja. »Erinnerst du dich nicht? Das ist aus dem Film, den wir uns vor ein paar Wochen angeguckt haben! Wie hieß der noch mal? *Starke Gefühle* oder so ähnlich.«

Ich musste kurz überlegen, aber dann fiel mir der Film wieder ein. Tom und ich waren mit Tanja im Kino gewesen und hatten den ganzen Abend Händchen gehalten.

Tanja lachte immer noch. »Die Wirklichkeit war natürlich ganz anders. Wie das meistens so ist«, setzte sie hinzu und grinste mich an.

»Sein Vater ist doch beim Film und du kriegst die Hauptrolle!«, sagte ich.

Sie schüttelte den Kopf.

Von wegen über Filmrollen reden, auf Hollywoodschaukeln sitzen und Händchen halten! Die arme Tanja war eine Dreiviertelstunde mit David, der im Gegensatz zu Evelyn tatsächlich von einer Biene in die Hand gestochen worden war, unterwegs gewesen, um in einer Apotheke Insektengel zu kaufen.

65

Sie lachte. »Das war ungeheuer romantisch. Und seine Hand hab ich dann auch noch gehalten! Als ich ihm das Gel draufgeschmiert habe.«

»Sag mal, hast du dich in David verliebt?«

Tanja sah mich ernst an. »Er ist wirklich süß und eigentlich müsste man sich sofort in ihn verlieben ... aber ich muss jetzt einfach mal an meine Karriere denken. Weißt du, als Schauspielerin neu anzufangen und dann gleich noch einen neuen Freund, das wird einfach zu viel. Meine Mutter sagt zu Simon auch immer, er soll sich erst mal auf eine Sache konzentrieren und nicht auf drei Hochzeiten gleichzeitig tanzen. Übrigens hat David mir seine Handy-Nummer gegeben, ich hab sie irgendwo aufgeschrieben, ich weiß im Moment bloß nicht mehr, wo.« Sie setzte sich auf und gähnte.

Sie wollte noch etwas hinzufügen, aber in diesem Moment wurde Katrin unruhig.

»Gute Nacht«, sagte ich schnell und machte das Licht aus, bevor Katrin wach wurde.

Es wurde gerade hell, da wachte ich auf. Irgendjemand hatte Gitarre gespielt, aber vielleicht hatte ich das nur geträumt.

Ich stand auf, um mir in der Küche ein Glas Wasser zu holen. Vorsichtig, um Tanja nicht zu wecken, stieg ich über die Luftmatratze vor meinem Bett. Meine Freundin atmete tief und gleichmäßig. Ihre Bettdecke lag am Fußende, das Kopfkissen war auf den Boden gerutscht und daneben lag ein Blatt Papier.

Lieber David, las ich, *ich muss immer an dich denken. Ich habe mich gleich in dich verliebt, als ich dich das erste Mal sah. Ich kann nicht mehr ohne dich sein.*

Tanjas Schrift! Eindeutig!

Ich musste mich setzen. Hatte Tanja mir nicht vor zwei, drei Stunden erst versichert, dass sie absolut nicht in David verliebt sei? Dass sie erst an ihre Filmkarriere denken müsste? Was auf dem Zettel stand, klang aber völlig anders!

Ich legte das Papier vorsichtig wieder neben die Luftmatratze.

Tanja drehte sich um. »Was ist?«, fragte sie schlaftrunken. »Was …?«

»Alles in Ordnung«, flüsterte ich, als ich aus dem Zimmer schlich. »Schlaf weiter!«

Inzwischen war es halb sechs, wie ich auf der großen Küchenuhr sah. Ich schenkte mir ein Glas Wasser ein, ging nach draußen und setzte mich auf die Gartenbank. Sie war noch feucht vom Tau, aber das störte mich nicht.

Was war mit Tanja los? Warum hatte sie mich angeschwindelt? Warum sagte sie mir nicht einfach, dass sie sich in David verliebt hatte?

Ein Geräusch ließ mich aufschrecken, aber es war nur Rudi, der mich bereits zu kennen schien, denn er ließ sich neben mir auf der Bank nieder und sah mich aufmerksam an.

»Mensch, Rudi«, sagte ich leise und musste lachen.

Nebenan hörte ich leises Rascheln. Rudi horchte

67

einen Moment lang mit gespitzten Ohren und verschwand dann durch die Hecke und ich war wieder allein.

Mein Magen knurrte. Kein Wunder, Tanja hatte die Brote, die ich gestern Abend noch geschmiert hatte, ganz allein gegessen!

Ich beschloss, Brötchen zu holen und den Frühstückstisch zu decken.

Ich radelte los, fand in der Nähe auch tatsächlich eine Bäckerei, die bereits geöffnet hatte, und bog gerade in den schmalen Weg zu unserem Haus ein, da entdeckte ich David, der im Jogginganzug auf den Treppenstufen saß und sich gerade die Schuhe band.

Sagen konnte ich nichts, denn ich hatte den Mund voller Schokocroissant. Außerdem wäre mir sowieso nichts Sinnvolles eingefallen. Irgendwie fühlte ich mich ihm gegenüber plötzlich total unsicher.

Ich tat so, als hätte ich ihn nicht bemerkt, schloss mein Fahrrad ab, balancierte die übervolle Tüte die Treppe hoch, ohne eines der Brötchen dabei zu verlieren, und kaute schnell weiter.

Er lachte. »Kann ich auch so was mit Schokolade kriegen?«

Ich wischte mir mit dem Handrücken den Mund ab.

David war näher gekommen. Er stand zwei Treppenstufen unter mir und lachte immer noch. »Mir geht das auch immer so. Wenn ich Schokolade esse, dann sehe ich auch immer aus wie … Du hast da noch was!« Mit der rechten Hand fuhr er ganz leicht über mein Kinn und entfernte einen Krümel.

»Idiot!«, fuhr ich ihn an und rannte, die schwere Eingangstür hinter mir zuknallend, ins Haus.

Es war mir egal, ob das ganze Haus aufwachte oder nicht. Die Tüte mit den Brötchen stellte ich achtlos neben den Schirmständer, dann stürmte ich ins Bad und verriegelte die Tür.

Mein Gesicht war gerötet, als ich in den Spiegel blickte, und am rechten Mundwinkel entdeckte ich noch zwei Krümel. Ich setzte mich auf den Badewannenrand und wusste einen Moment lang nicht mehr, was ich denken sollte.

Was war plötzlich los mit mir? Warum war ich eigentlich so sauer auf David? Und auf Tanja!

Jemand rüttelte an der Badezimmertür.

»Aufmachen!«, hörte ich Anette rufen. »Hier wohnen auch noch andere Leute, die ins Bad wollen.«

Im ersten Moment wollte ich die Dusche anstellen und so tun, als würde ich nichts hören, aber weil Anette noch mal und noch lauter rief, öffnete ich schließlich.

»Huch«, sagte sie, »gehst du jetzt zum Heulen schon ins Bad?«

Ich starrte sie an. »Ich hab nicht geheult. Und außerdem, was machst du hier? Hast du im Wohnzimmer übernachtet? Ich dachte, du verträgst dich wieder mit Robert!«

Sie starrte ihr Spiegelbild an, dann zupfte sie an

ihren Strähnchen herum. »Den Namen ›Robert‹ will ich nicht mehr hören. Und was soll die Frage, was ich hier mache? Ich wohne hier. Schließlich ist das auch mein Haus. Du wirst dich daran gewöhnen müssen, dass ich jede Nacht hier übernachten werde.«

Aber nicht in meinem Zimmer, das ist nämlich schon belegt, wollte ich sagen, aber als ich ihren Blick sah, war ich lieber ruhig. Anette schien es wirklich nicht besonders gut zu gehen. Einen Moment lang hatte ich richtig Mitleid mit ihr.

»Sag mal, mit dir und Tom, das ist ja auch nicht die große Liebe, oder? Ich hab dich vorhin mit dem Nachbarsjungen gesehen.« Sie lächelte spöttisch. »Hast du dich etwa in den verliebt? Hat ganz danach ausgesehen, wenn du mich fragst.«

»Nein«, sagte ich und bemühte mich, nicht laut zu werden, »ich bin nicht in David verliebt. Und außerdem geht dich das überhaupt nichts an. Von Liebe verstehst du nämlich gar nichts. Rate mal, warum es mit dir und Robert einfach nicht klappt.«

So, das saß! Sie starrte mich wütend an.

»Ich geh ja schon«, sagte ich. »Aber denk mal über meine Worte nach.«

Diesen Satz hatte ich ein paarmal von Mama gehört und er passte ganz gut zu dieser Situation, fand ich.

Tanja sei schon gegangen, sagte Katrin, die auf meinem Bett saß und mit einem Rotstift Herzen malte.

Ihr Handy habe geklingelt und dann sei sie gleich los.

»Aber sie kommt doch wieder?«, fragte Katrin. »Sie ist nämlich unheimlich nett, findest du nicht auch?«

»Ja, natürlich«, sagte ich geistesabwesend und überlegte, warum meine Freundin in aller Frühe gegangen war. Und wohin? Nach Hause?

Ich rannte nach unten, um das Telefon zu suchen. Im Wohnzimmer entdeckte ich es – an Anettes Ohr. Sie gestikulierte wild beim Telefonieren und funkelte mich wütend an, als ich auf das Telefon deutete.

Ich setzte mich in einen der Sessel und hörte interessiert zu, wie sie mit ihrem Chef über drei Tage Urlaub verhandelte wegen einer »dringenden Familienangelegenheit«, wie sie sagte.

»Ich kann auch sehr gut ohne deine Anwesenheit telefonieren«, meinte sie, als sie das Gespräch beendet hatte. »In fünf Minuten bin ich wieder dran.«

Ich rief bei Tanja zu Hause an, aber niemand meldete sich. Auch über Handy war sie nicht zu erreichen. Vielleicht hatte ja jemand vom Filmstudio angerufen … aber morgens um halb acht schien mir doch etwas früh. Weil Anette mit missmutigem Gesicht daneben stand und die fünf Minuten noch nicht um waren, rief ich bei Toms Vater an. Vielleicht war er ja früher aus dem Urlaub zurückgekommen und konnte mir was von Tom erzählen – aber auch hier erreichte ich niemanden.

71

Ich warf meiner Schwester das Telefon zu und beschloss, noch eine halbe Stunde zu schlafen. Dann würde ich weitersehen. Zum Beispiel, ob Tom mir endlich eine Mail geschickt hatte!

Aber ich konnte nicht einschlafen. Vielleicht lag es an Katrin, die mich ständig etwas fragte, bis ich endlich auf die grandiose Idee kam, sie zu Anette runterzuschicken. Schließlich war Katrin Roberts Patenkind, egal, ob die beiden sich jetzt getrennt hatten oder nicht.

Dann fiel mir wieder der Zettel ein, den ich morgens gefunden hatte. Ich stand auf und suchte, ob er noch irgendwo lag. Fehlanzeige! Vielleicht hatte Tanja das Ganze nur zum Spaß geschrieben. Aber warum sollte sie? Ich musste sie unbedingt fragen.

Wahrscheinlich war ich dann doch eingeschlafen, denn ich schreckte plötzlich hoch, weil jemand unten an der Tür klingelte.

Ich wartete eine Weile, ob jemand öffnen würde, aber dann fiel mir auf, wie ruhig es im Haus war, und ich ging runter und öffnete die Tür.

Am liebsten hätte ich sie sofort wieder zugeschlagen, aber aus Gründen der Höflichkeit ging das leider nicht. Das ältere Ehepaar von nebenan, das am gestrigen Abend schon ziemlich missbilligend geschaut hatte, als Tanja und ich so spät nach Hause gekommen waren und uns laut unterhalten hatten, stand auf der obersten Treppenstufe und guckte neugierig an mir vorbei ins Haus.

»Guten Tag«, sagte ich. Garantiert waren sie zu

zweit gekommen, weil sie sich über irgendwas beschweren wollten.

Die Frau lächelte mich an. »Schön habt ihr's hier«, sagte sie dann.

Ich lächelte kein bisschen, als ich nickte. Die beiden waren bestimmt nicht gekommen, um mit mir über unsere Wohnungseinrichtung zu diskutieren.

»Man muss sich eben erst mal eingewöhnen«, fügte sie hinzu, als von mir keine weitere Reaktion kam.

Ich überlegte, ob ich ihr vorschlagen sollte, sich direkt an meine Eltern zu wenden, da streckte die Frau mir einen Briefumschlag entgegen. Sie lächelte immer noch. Aha, man beschwerte sich also gleich schriftlich.

»Sie können das auch meinen Eltern geben«, sagte ich, aber die Frau schüttelte den Kopf und lächelte.

»Nein, besser nicht. Wir vermuten, der Brief ist versehentlich bei uns eingeworfen worden. Solche Briefe schreiben doch nur junge Mädchen.«

»Danke«, sagte ich ziemlich verwirrt und nahm den Brief.

In ewiger Liebe, stand auf dem Umschlag, der über und über mit pinkfarbenen Herzen verziert war.

Die Schrift erkannte ich sofort.

Eigentlich kannte

ich den Text ja auch schon: *Lieber David, ich muss immer an dich denken. Ich habe mich gleich in dich verliebt, als ich dich das erste Mal gesehen habe. Ich kann nicht mehr ohne dich sein,* las ich mit wachsender Empörung. Merkwürdig fand ich lediglich, dass Tanja Großbuchstaben verwendet hatte, die zum Teil ziemlich schief standen. Vielleicht, weil sie den Brief spätabends im Bett geschrieben hatte? Und einmal hatte sie sogar einen Buchstaben vergessen! War meine Freundin so verliebt, dass sie nicht mehr klar denken konnte? Ich drehte das Blatt um.

Jetzt musste ich mich erst mal setzen!

Deine dich liebende Nachbarin Katrin, stand auf der Rückseite.

Ich fand sie im Garten, wo sie Rudi, der wahrscheinlich zu überrascht war, um sich zu wehren, gerade in ihren Puppenwagen setzte.

»Ist das dein Liebesbrief?«, fragte ich streng.

»Der ist für David!«, kreischte sie. »Gib den sofort

her! Wie kommst du überhaupt an meinen Liebesbrief?«

»Sag mir lieber, weshalb Tanja ... «

Sie hatte mir den Brief aus der Hand gerissen und
steckte ihn sorgfältig zu Rudi in den Puppenwagen.
»Du weißt doch, dass ich noch nicht so gut schreiben
kann, und da hab ich eben Tanja gefragt. Aber abgeschrieben hab ich's allein. Und in den Briefkasten
gesteckt«, fügte sie trotzig hinzu. »Nur die Adresse
hat Tanja geschrieben.«

Ich schüttelte den Kopf. »Du kannst doch David
nicht einfach einen Liebesbrief schreiben! Und ihn
dann noch in den falschen Briefkasten stecken!«

Sie deckte Rudi, dem es langsam ungemütlich zu
werden schien, ungerührt mit einer weißen Spitzen-
decke zu und schob den Puppenwagen in den Schatten. Was ich gesagt hatte, interessierte sie überhaupt
nicht.

»Du kannst doch nicht einfach einem wildfremden Jungen einen Liebesbrief schreiben!«, wiederholte ich. »Schließlich bist du erst sieben!«

»Mein Liebesbrief ist toll«, behauptete sie. Ihre
Unterlippe zitterte leicht und einen Moment lang
befürchtete ich, sie würde gleich anfangen zu heulen. »So ein ähnlicher war nämlich letzte Woche im
Fernsehen ... Henri, du darfst das niemandem sagen, versprochen? Sonst darf ich nämlich nicht
mehr fernsehen und ich will doch wissen, wie das
weitergeht in dem Film und ... « Jetzt heulte sie wirklich. »Ich bin auch gar nicht mehr so richtig ver-

liebt«, schluchzte sie und drückte den Kater, der endgültig die Nase voll hatte und herausspringen wollte, zurück in den Puppenwagen. »Ich will viel lieber einen Hund. Oder auch eine Katze. Kannst du mal mit meiner Mama reden? Zum Geburtstag vielleicht?«

Ich nickte und Katrin hörte schlagartig auf zu heulen.

»Bist du in David verliebt?«, fragte sie unvermittelt.

»Wie kommst du denn darauf?« Ich sah sie verblüfft an.

»Ich war heute Nacht mal wach, weil ich aufs Klo musste, und da hab ich gehört, wie du im Schlaf geredet hast. Von David!«

»Das war Tanja«, sagte ich hastig.

Katrin nickte, wirkte aber nicht sehr überzeugt. Doch dann schien ihr etwas viel Wichtigeres einzufallen. »Und krieg ich dann auch noch Ohrringe? Solche wie du?«

»Warte erst mal ab, bis Weihnachten ist«, sagte ich und ging ins Haus zurück.

Gegen Mittag – ich hatte Tanja immer noch nicht erreicht – radelte ich einfach los. Anette hatte sich in die Sonne gelegt, um braun zu werden, und Katrin war heimlich ins Arbeitszimmer meiner Eltern geschlichen. Garantiert saß sie dort vor dem Fernseher.

»Sieht man dich auch mal wieder!«, sagte Frau Ostertag, als ich klingelte. »Du kannst ganz leise zu

Tanja reinschleichen, sie schläft noch. Vielleicht ist sie aber auch schon wach. War eben alles ein bisschen viel für sie.«

Ich sah sie verständnislos an.

Sie lachte. »Na, dann lass dir mal gleich ein Autogramm geben. Wer weiß, ob unsere Tanja nicht eines Tages mal ein richtiger Star wird. In ihrem Horoskop steht zwar nichts davon, aber da glaub ich jetzt auch nicht mehr so dran.«

»Tanja hat die Rolle gekriegt?«, fragte ich begeistert.

»Ja! Stell dir vor, ich hab sie gekriegt!« Tanja hatte ihre Zimmertür aufgerissen und strahlte mich an. »Ich bin einfach mit David heute Morgen noch mal beim Filmstudio vorbeigefahren und dann haben die mir gesagt, dass ich die Rolle krieg! Sogar ohne Vorsingen. Ich muss die Leute beim Film wirklich überzeugt haben! Mensch, Henri, kannst du dir das vorstellen? Ich spiel in einem richtigen Film mit!« Meine Freundin fiel mir total glücklich um den Hals. »Du und Tom, ihr kriegt natürlich Freikarten, wenn der Film anläuft. Und David auch. Sag mal, habt ihr zwei euch gestritten? Vorhin, als ich gegangen bin, stand er vor dem Haus und ...«

Ich schüttelte den Kopf. Es war mir peinlich vor Frau Ostertag, die gerade am Garderobenspiegel rumpolierte und so tat, als höre sie nicht zu, aber garantiert jedes Wort mitkriegte.

Tanja zog mich in ihr Zimmer. »Also, was ist los?«

»Herzlichen Glückwunsch«, sagte ich. »Tanja, das

ist einfach Wahnsinn, dass du die Rolle gekriegt hast!«

»Ich bekomme jetzt auch das Geld für eine neue Linse«, sagte sie. »Mit Brille in einem Film mit Tim Sharer … Meine Mutter hat gesagt, da sparen wir lieber woanders, und außerdem krieg ich ja sogar eine Gage. Weißt du, ich hab mir überlegt, dass ich das Ganze richtig feiern sollte. Schließlich kriegt man ja nicht jeden Tag so eine Rolle, oder? Also, ich mache heute Abend ein Fest. Natürlich vorausgesetzt, meine Mutter ist einverstanden. Aber jetzt will ich erst mal von dir wissen, was eigentlich los ist.«

Ich zuckte die Schultern. »David geht mir auf den Geist. Ich glaube, er hält sich für unwiderstehlich. Ich will bloß wissen, was mit Tom ist, alles andere interessiert mich nicht. Können wir gleich zur Caberg fahren?«

Irgendwie hatte die Caberg wohl geglaubt, inzwischen allein mit ihrem Internetanschluss klarzukommen. Vielleicht hatte sie bei ihren Bemühungen auch einen Virus eingefangen, Tatsache war jedenfalls, dass ihr Computer ständig abstürzte. Erst nach einer Dreiviertelstunde kamen wir in das E-Mail-Programm. Ich versuchte die Mails von Dietmar auszudrucken und dabei gab es dann noch Probleme mit dem Drucker. Schließlich war der gesamte Papiervorrat aufgebraucht und die Caberg suchte schließlich Konzeptpapier zusammen, mit dem mir dann endlich der Ausdruck gelang.

»Ich glaube, ich ruf heute Nachmittag mal den Service an«, meinte die Caberg ziemlich genervt, als wir uns endlich verabschiedeten. »Ihr könnt ja nicht die nächsten Wochen jeden Tag kommen. Irgendwann braucht ihr auch mal Ferien.«

Dieses Mal hatte sie uns wenigstens keine Kekse mehr angeboten. Vielleicht hatten wir auch am Abend zuvor ihre ganzen Vorräte aufgefuttert.

»Hast du wenigstens lesen können, was Dietmar geschrieben hat?«, fragte Tanja auf der Treppe.

Ich grinste und zog einen Ausdruck aus meiner Hosentasche. »Was meinst du, warum ich mit dem Drucker solche Probleme hatte? Ich musste die Mail unbedingt ein zweites Mal ausdrucken, weil ich auf dem Bildschirm irgendwas über Tom gelesen hatte. Eigentlich ist die Mail ja auch fast an mich, wenn er was über Tom schreibt, findest du nicht?«

In sicherer Entfernung von der Luisenstraße – wir wollten auf keinen Fall von Frau Doktor Caberg beim Lesen ihrer Mail ertappt werden – setzten wir uns an eine Bushaltestelle.

Ich hielt die Mail hoch. Tanja klopfte mir auf die Schulter.

»Garantiert gute Nachrichten«, sagte sie. »Ich fühle das irgendwie.«

Ich nickte, denn mir ging es genauso.

Leider hatten wir uns beide getäuscht.

»Und?«

Ich ließ das Papier sinken und sagte gar nichts.

Tanja nahm mir das Blatt aus der Hand. Sie überflog den Teil der Mail, in dem Dietmar sich über Halsschmerzen, Blasen am rechten Fuß und Fastfood ausließ.

Dann las sie laut weiter: »*Ich verbringe den größten Teil des Tages allein und übersetze ziemlich viel. Gott sei Dank habe ich ja zum Geburtstag das neue Wörterbuch bekommen. Inzwischen hat sich mein Wortschatz ziemlich vergrößert und ich kann das meiste in der Zeitung verstehen. Tom ist den ganzen Tag mit Susan unterwegs, die beiden sind unzertrennlich und haben nur noch Augen füreinander. Das nennt man wohl die große Liebe.*«

Meine Freundin schüttelte den Kopf. »Das kann doch nicht sein! Nein, das glaube ich nicht.«

Ich zuckte die Schultern. »Da steht es. Du hast es doch selber vorgelesen.« Ich stand auf und reckte mich. »Tanja, ich befürchte, mit Tom ist es aus. Wahrscheinlich meldet er sich auch deshalb nicht. Er hat Angst, mir die Wahrheit zu sagen. Jungs sind eben so.«

»Ja, aber Tom doch nicht.«

»Doch«, sagte ich, »auch Tom. Und jetzt geh ich nach Hause, ich will einfach meine Ruhe haben.«

Es war mal wieder niemand da, aber das war vielleicht auch besser so, denn ich wollte nicht, dass jemand meine Tränen sah.

Irgendwann hatte ich mich wieder ein bisschen beruhigt. Ich legte mich auf mein Bett und dachte nach.

Die Reihenhäuser schienen ziemlich schlecht isoliert zu sein, denn nebenan hörte ich, wie David Gitarre übte. Ein schwermütiges Lied, aber sonderbarerweise machte es mich überhaupt nicht traurig. Nach einer Weile klingelte das Telefon im Nachbarhaus und dann hörte David auf zu spielen. Schade, ich hätte noch stundenlang zuhören können.

Ich dachte an Tom, aber außer ein bisschen Wehmut spürte ich gar nichts mehr. Ich schloss die Augen und versuchte mich an sein Gesicht zu erinnern, aber auch das fiel mir schwer. Immer stärker schob sich ein anderes Gesicht davor, und jetzt endlich ließ ich es zu.

Ich spürte, ich hatte mich in David verliebt.

Kurze Zeit später hörte ich ihn nebenan wieder spielen, ein ruhiges, zärtliches Lied, und einen Moment lang war ich mir ganz sicher, dass er es nur für mich spielte.

Ich lächelte und dann schlief ich ein.

Plötzlich stand Katrin vor meinem Bett.

»Ich hab den Brief für David jetzt in den richtigen Briefkasten geworfen«, sagte sie.

»Und deshalb weckst du mich?«

Sie hielt mir das Telefon entgegen. »Nein, Tanja will dich sprechen.«

»Simon meint, wir sollten draußen auf dem Balkon grillen«, sagte Tanja, »aber meine Mutter behauptet, es würde bestimmt regnen. Henri, ich bin total aufgeregt. Soll ich dir mal vorlesen, wer alles kommt?«

Tanjas Fete! Daran hatte ich gar nicht mehr gedacht!

Vierzehn Leute wollte sie einladen, tatsächlich erreicht hatte sie aber nur Evelyn und Marc, die auch gleich zugesagt hatten.

»Und was ist mit den anderen?«, fragte ich. »Du musst doch irgendwie planen. Mit dem Essen und so!«

»Den meisten hab ich einfach auf den Anrufbeantworter gesprochen«, erklärte sie. »Kannst du zu David gehen und ihm Bescheid sagen? Das ist ja keine Weltreise für dich, oder?«

»Nein, natürlich nicht«, sagte ich und überlegte, ob Tanja ahnte, dass ich mich in ihn verliebt hatte. Eigentlich hätte ich gern mit ihr darüber geredet, aber dazu brauchten wir Ruhe und sie war im Moment total überdreht.

»Meinst du, ich kann einfach beim Sender anrufen und nach der Telefonnummer von Tim Sharer fragen?«, unterbrach Tanja meine Gedanken. »Den würde ich nämlich auch gern einladen! Versuchen könnte ich es doch mal, oder? Wer nichts wagt, gewinnt nicht oder so ähnlich.«

Wir vereinbarten, dass ich am späten Nachmittag vorbeikommen und bei den Vorbereitungen helfen würde, und dann erinnerte sie mich nochmals daran, David einzuladen.

»Verschieb es nicht«, sagte sie und ich hatte einen Moment lang den Eindruck, dass sie wirklich alles wusste.

Es hatte gewisse Vorteile, dass Anette – zumindest vorübergehend – wieder zu Hause eingezogen war. Im Badezimmer stand ihr riesiger Kosmetikkoffer. Ich schloss die Tür sorgfältig ab.

Ich kämmte mir die Haare aus dem Gesicht und band sie zu einem Zopf zusammen. Schon allein dadurch würde ich mindestens ein, zwei Jahre älter wirken! Dann rührte ich jede Menge Farbe zusammen und trug sie im Gesicht auf. Zufrieden begutachtete ich mein Werk. Wenn ich so ins Kino ginge, würde ich garantiert in jeden Film ab 18 kommen!

Vor dem Spiegel übte ich den Spruch, den ich mir ausgedacht hatte: Hallo, David, entschuldige, dass ich »Idiot« zu dir gesagt habe. Das hab ich nicht so gemeint. Tanja feiert heute Abend und du bist eingeladen. Kommst du auch?

Dann würde ich lächeln, notfalls so lange, bis er Ja sagte.

Vorsichtig schlich ich aus dem Bad. Aus nahe liegenden Gründen wollte ich weder meiner Schwester noch Katrin über den Weg laufen. Anette saß am Computer und schien zu mailen. Einen Moment lang gab es mir einen Stich – aber ich verdrängte den Gedanken an Tom sofort wieder. Er sollte sich bloß nicht einbilden, dass ich zu Hause saß, während er sich mit Susan im sonnigen Kalifornien vergnügte.

In meinem Zimmer stand ich ein bisschen ratlos vor dem Kleiderschrank. Ich musste etwas anziehen, was dem Anlass entsprechend war, irgendetwas, was verdeutlichte, wie wichtig mir die Entschuldigung

83

war. Ich kramte erfolglos im Schrank herum und wollte schon gehen, da entdeckte ich auf meinem Schreibtischstuhl eine Monatsfahrkarte. Tanjas Monatsfahrkarte, die ihr wahrscheinlich aus der Tasche gerutscht war. Das war einfach typisch für meine Freundin. Garantiert suchte sie bereits danach. Halb verwischt entdeckte ich auf der Fahrkarte eine Handynummer, die sie in ziemlicher Eile aufgeschrieben haben musste. Ich grinste. Tanja war kein bisschen ordentlicher als ich.

Ich rannte leise die Treppe hinunter und entdeckte an der Garderobe genau das, was ich brauchte. Ohne lange nachzudenken, nahm ich Anettes schwarzen Samt-Blazer, den sie zur Hochzeit meiner ältesten Schwester Babette getragen hatte, und zog ihn an.

So, wie ich jetzt aussah, würde David niemals wieder »Barbie« zu mir sagen!

Entschlossen klingelte ich bei David.

Zum Glück war mir noch eingefallen, meine Sonnenbrille aufzusetzen. Es war zwar ziemlich bewölkt, aber hinter meiner Sonnenbrille fühlte ich mich einfach sicherer. Trotzdem hatte ich Herzklopfen, ziemlich heftiges sogar, und eine klitzekleine Sekunde lang überlegte ich, ob ich nicht lieber einfach anrufen sollte. Das würde alles einfacher machen, da konnte ich notfalls auflegen, aber für diese Überlegung war es inzwischen zu spät, denn die Tür wurde geöffnet und David stand vor mir.

Lächeln, erinnerte ich mich, aber irgendwie funktionierte im Moment die Verbindung zwischen Gehirn und den für das Lächeln zuständigen Muskeln nicht so richtig. Ich brachte nur ein gequältes Grinsen zustande.

David verzog keine Miene.

»Tanja will sich entschuldigen«, sagte ich. »Nein, ich meine natürlich nicht Tanja, ich meine mich, also, wenn du weißt, was ich meine. Idiot. Also, du weißt schon!«

Gott, welchen Schwachsinn redete ich da! Ich war nicht in der Lage, auch nur einen klaren Gedanken zu fassen. Ich spürte nur: Ich hatte mich total in David verliebt!

Hatte er irgendwas gesagt?

Ich war mir nicht sicher. Aber von der Einladung hatte ich, soweit ich mich erinnern konnte, noch nichts erwähnt.

»Und weil Tanja heute Abend feiert, lädt sie dich auch ein«, sagte ich und war ziemlich stolz darauf, dass ich diesen Satz fehlerfrei über die Lippen gekriegt hatte.

So, jetzt war David dran!

»Mit dem ›Idiot‹ heute Morgen, das ist schon in Ordnung, wahrscheinlich hast du sogar Recht damit.«

Ich atmete tief durch. Na bitte, es klappte doch! David nahm meine Entschuldigung an. Ich versuchte zu lächeln und dieses Mal gelang es mir sogar.

Leider lächelte er nicht zurück. »Du kannst Tanja

85

ausrichten, dass ich heute Abend nicht komme. Es wäre nicht gut.« Er zögerte einen Moment lang, dann sagte er entschlossen: »Tschüss!«

Wie ein begossener Pudel stand ich vor dem Haus. An liebsten hätte ich geheult – aus Wut, aus Ärger, aus Enttäuschung.

Was bildete sich David eigentlich ein? Was sollte diese Bemerkung, dass er tatsächlich ein Idiot sei? Und warum wäre es nicht gut, wenn er am Abend zu der Fete kommen würde?

Warum mussten Jungs nur immer so kompliziert sein!

Einen Moment lang spielte ich mit dem Gedanken, nochmals zu klingeln und die Sache endgültig zu klären, aber dann traute ich mich doch nicht.

Zuerst musste ich mit Tanja über alles reden.

Ich wollte unsere Haustür aufschließen, da bemerkte ich, dass ich in dem ganzen Durcheinander meinen Schlüssel vergessen hatte. Hektisch durchwühlte ich die Taschen von Anettes Blazer und fand eine lange verloren geglaubte Haarspange von mir, die Tom mir mal geschenkt hatte, zwei Hustenbonbons, einen Kamm, aber keinen Hausschlüssel!

Irgendwie musste ich ins Haus kommen, bevor meine Schwester bemerkte, dass ich ihren Blazer ausgeliehen hatte. Ohne sie zu fragen! Das Theater, das sie veranstalten würde, konnte ich mir lebhaft ausmalen.

Möglichst unauffällig prüfte ich die Fenster im Erdgeschoss, aber natürlich waren alle geschlossen.

Ich musste versuchen, in unseren Garten zu kommen. Es gab zwei Möglichkeiten: entweder über Davids Garten oder über den des älteren Ehepaares auf der linken Seite.

Aus nachvollziehbaren Gründen entschloss ich mich für links.

Ich werde David einen Brief schreiben, beschloss ich, als ich vorsichtig über die niedrige Steinmauer stieg, die den Vorgarten vom Kiesweg abgrenzte. Dabei musste ich einer Vogeltränke und verschiedenen Gartenzwergen mit Schubkarren voller Geranien ausweichen.

Unsere Nachbarn mussten da sein: Durch das halb geöffnete Küchenfenster hörte ich Topfklappern und das Radio – Volksmusik. Auf dem Fenstersims stand ein Topf mit dampfenden Kartoffeln. Geduckt schlich ich an der Hauswand entlang und wollte gerade die Holztür, die in den Garten führte, öffnen, da erstarrte ich.

Wie hätte ich auch ahnen können, dass unsere Nachbarn eine hochmoderne Alarmanlage besaßen, die Tote aufwecken konnte!

87

Wahrscheinlich

war ich der einzige Mensch in der ganzen Umgebung, der wie festgewurzelt dastand. Aus den umliegenden Häusern strömten die Leute und starrten mich an. Ich rührte mich immer noch nicht. Ich glaubte, David zu erkennen, aber ich war mir nicht ganz sicher.

Dann hörte ich Anette rufen: »Aber das ist doch Henriette! Henri, was machst du hier? Spinnst du?«

Das ältere Ehepaar stand kopfschüttelnd am Hauseingang, als ich an ihnen vorbeiging.

»Ich hab meinen Hausschlüssel vergessen und wollte über Ihren Garten zu uns rüber«, erklärte ich ihnen, aber die beiden reagierten gar nicht.

Anette starrte mich fassungslos an, als ich ihren Blazer auszog und zurück an die Garderobe hängte. Natürlich war er im Vorgarten der Nachbarn ein bisschen schmutzig geworden, aber bei Schwarz fällt so was eigentlich gar nicht so auf.

Meine Schwester schien anderer Meinung zu sein. »Den kannst du gleich in die Reinigung bringen«, sagte sie mit eisiger Stimme. »Aber vorher wäschst

du dir mal die Farben aus dem Gesicht. Du siehst ja
total verboten aus. Und dann noch in fremden Vor-
gärten rumturnen! Weshalb klingelst du nicht wie
normale Menschen, wenn du deinen Schlüssel vergessen hast und ich zu Hause bin? Was glaubst du
wohl, was die Leute hier von uns denken?«

»Ist doch mir egal«, sagte ich, aber weil Anette
wirklich ziemlich empört war und auch Katrin erschreckt guckte, ging ich ins Bad, schminkte mich ab
und wusch mich minutenlang, bis ich wieder einigermaßen normal aussah.

Dann räumte ich, weil ich wegen des Blazers ein
schlechtes Gewissen hatte, die Küche auf, leerte den
Mülleimer und entsorgte das Altpapier. Außerdem
musste ich mich beschäftigen. Ich wollte nicht mehr
an David und die Abfuhr, die er mir erteilt hatte,
denken. Am liebsten wollte ich überhaupt nie wieder an ihn denken! Ich seufzte leicht. Wenn das nur
so einfach wäre!

Ich wollte gerade mit dem Blazer in die Reinigung
fahren, da hörte ich oben in meinem Zimmer mein
Handy klingeln.

Beim siebten Klingeln hatte ich es endlich unter
einem Wäscheberg gefunden. Der Anrufer hatte
aufgelegt. Ich starrte auf das Display. Die Nummer
kannte ich nicht; wahrscheinlich hatte sich jemand
verwählt.

»Nimm Geld mit!«, hörte ich meine Schwester rufen. »Du musst in der Reinigung im Voraus bezahlen. Aber von deinem eigenen Geld, dass das klar ist.«

Ich verkniff mir eine Antwort und schlachtete schweren Herzens mein hellblaues Sparschwein.

Auf dem Weg zur Reinigung kam ich an einer Bademodenboutique vorbei, und weil ich in diesem Sommer bestimmt irgendwann wieder ins Schwimmbad gehen würde, probierte ich eine halbe Stunde lang Bikinis an. Das lenkte mich etwas von meinen trüben Gedanken ab. Ich beschloss gerade, das Geld, das eigentlich für die Reinigung von Anettes Blazer vorgesehen war, für einen Häkelbikini auszugeben, da klingelte mein Handy. Dieses Mal war ich schneller. Beim vierten Läuten hatte ich es aus meinem Rucksack gefischt und meldete mich. Aber der Anrufer schien nicht sehr viel Geduld zu haben, denn er hatte bereits wieder aufgelegt. Dieselbe Nummer wie vorher, stellte ich fest. Irgendwie kam sie mir doch bekannt vor.

Ich zahlte meinen Häkelbikini, hoffte auf viele sonnige Schwimmbadtage und radelte, den ungereinigten Blazer meiner Schwester in einer großen Plastiktüte, wieder nach Hause.

Dort bürstete ich so lange an dem guten Stück herum, bis er wieder wie neu aussah, und präsentierte ihn meiner Schwester. Anette guckte im ersten Moment etwas verblüfft, dann nickte sie aber, als ich ihr was von »Schnellreinigung« erzählte.

»Du siehst also ein, dass der Blazer wirklich gereinigt werden musste«, sagte sie und weil sie hoffte, dass ich immer noch ein schlechtes Gewissen hatte, wollte sie mich gleich noch zum Babysitten an diesem Abend verdonnern.

Aber ich winkte nur ab. »In einer halben Stunde geh ich zu Tanja und helf ihr bei den Vorbereitungen für ihr Fest«, sagte ich lächelnd. »Tut mir Leid, sonst hätte ich das natürlich sofort gemacht.«

Ich packte meine Sachen zusammen und steckte gerade Tanjas Monatskarte in meinen Rucksack, da stutzte ich. Jetzt wusste ich, warum mir die Nummer auf dem Display meines Handys irgendwie bekannt vorgekommen war! War das nicht dieselbe Nummer gewesen wie die auf Tanjas Monatskarte?

Ich verglich die Nummer mit der auf meinem Handy. Es war tatsächlich so, wie ich vermutet hatte.

Ich rief Tanja an und hatte Glück, dass sie sofort am Telefon war.

»Oh, super!«, rief sie. »Ich such die Monatskarte schon den halben Nachmittag und dabei hab ich doch noch so viel zu tun für heute Abend. Wir wollen draußen auf dem Balkon Lampions aufhängen, aber Simon meint, dass wir … «

»Können wir das später besprechen?«, unterbrach ich sie. »Ich bin in einer Dreiviertelstunde bei dir. Kannst du mir noch schnell sagen, wem die Nummer gehört, die du auf deine Monatskarte geschrieben hast?«

Tanja überlegte einen Moment. »Das muss die Nummer von David sein. Ja, natürlich. Ich hatte kein Papier dabei und … «

»Danke«, rief ich, »danke, Tanja, bis nachher!«

Ich tanzte durch das ganze Haus.

David hatte zweimal versucht mich anzurufen! Garantiert tat ihm sein Verhalten furchtbar Leid und er wollte sich entschuldigen und mir vorschlagen, dass wir zusammen zu Tanjas Fete gehen.

Ich speicherte seine Nummer ab und dann rief ich ihn an.

»Hallo, David«, sagte ich und lächelte dabei. Dieses Mal musste ich mich kein bisschen anstrengen.

Im ersten Moment wirkte er etwas unsicher, aber dann schien er mich zu erkennen.

»Prima, dass du dich meldest!«, sagte David. »Ich wollte dich noch mal anrufen wegen der Fete.«

»Komm doch bitte«, sagte ich schnell. »Ich würde mich so darüber freuen, wenn du kommst.«

Er lachte. »Ja, ehrlich? Na ja, du hast die Fete ja auch verdient nach dem ganzen Stress, den du hattest.«

Wahnsinn! Ich hätte nicht gedacht, dass er so verständnisvoll sein würde! Ich presste mein Handy ans Ohr. Die Verbindung war grauenhaft schlecht, im Hintergrund hörte man lautes Rattern wie auf einer Großbaustelle, aber ich hätte David stundenlang zuhören können.

»Hab ich mir ja auch zum großen Teil selber eingebrockt«, sagte ich bescheiden. »Also, kommst du heute Abend? Bestimmt?«

»Eigentlich wollte ich ja nicht. Weißt du, Henriette ist heute Nachmittag bei mir aufgekreuzt, total aufgetakelt, mit Sonnenbrille und so … na ja, da hatte ich eigentlich gar keine Lust mehr zu kommen … Bist du noch dran? Hallo? Tanja? Du sagst ja gar nichts mehr.«

»Ja, tschüss«, gelang es mir gerade noch zu sagen, dann musste ich auflegen.

Ich warf mich auf mein Bett und schluchzte.

Warum musste ich mich ausgerechnet in David verlieben?

Warum konnte Tom nicht einfach treu sein? Dann wäre das alles nicht passiert!

»Ich kann mir doch meine Handynummer nie merken, aber deine kenn ich auswendig«, erklärte mir Tanja, während wir Chips und Salzstangen in Schüsseln und Gläser verteilten. »Und David meinte, dass es ganz gut wäre, wenn er eine Handynummer von mir hätte, falls sich mit der Band was ergeben würde. Da hab ich ihm einfach deine Nummer gegeben, weil es mir so peinlich war, meine eigene nicht zu wissen. Ich hätte dir Bescheid sagen müssen, aber irgendwie hab ich's vergessen in dem ganzen Trubel.« Sie schob sich ein paar Chips in den Mund und sah mich ratlos an.

»Ich hab alles verbockt«, sagte ich und nahm mir ebenfalls Chips. »Eigentlich hätte ich schon am ersten Tag merken müssen, dass mir David ganz gut gefällt. Aber damals war ich noch mit Tom zusammen und da durfte es einfach nicht sein. Aber inzwischen ist leider so viel Blödes passiert, dass David mich für

bescheuert hält. Und vielleicht hat er damit ja auch
gar nicht so Unrecht.«

Meine Freundin protestierte, aber leider nicht
sehr heftig. Gedankenverloren heftete sie ein Transparent mit der Aufschrift *Tausend Glückwünsche für
unseren zukünftigen Filmstar* an die Wand. Simon hatte es gemalt, in Regenbogenfarben. Allein schon dafür, hatte Frau Ostertag gemeint, habe sich seine
Umschulung zum Maler und Lackierer gelohnt.

»Oder besser direkt über die Tür? Was meinst
du?«

»Über die Tür«, sagte ich.

Es war kurz vor halb acht, um acht würden Tanjas
Gäste kommen und ich war verschwitzt und nicht ge-
schminkt. Aber eigentlich hatte ich auch gar keine
Lust, mich umzuziehen.

»Hat David gemerkt, dass er nicht mit mir geredet
hat?«, fragte Tanja, während wir das Transparent
über der Tür befestigten.

»Ich weiß nicht«, sagte ich. »Ich weiß nur, dass ich
mich laufend blamiere, wenn er in der Nähe ist. Am
liebsten würde ich nachher nach Hause gehen.
Nein, schon klar, ich bleibe natürlich«, verbesserte
ich mich, als ich ihren Blick sah. »Ich hab eben ein
bisschen Horror vor dem Abend.«

»Dann wird es ja eine richtig nette Fete«, sagte sie
und ich hatte den Eindruck, dass sie einen Seufzer
unterdrücken musste.

Pünktlich um acht standen Evelyn und Marc vor der Tür.

»Ach, ich dachte, es soll gegrillt werden«, bemerkte Evelyn enttäuscht, als sie die Chips und Salzstangen sah. »Oder gibt's noch was anderes?«

»Wir haben eigentlich sowieso keinen Hunger.« Marc war es mal wieder sichtlich peinlich, wie sich Evelyn danebenbenahm.

Zu viert saßen wir im Wohnzimmer. Draußen donnerte es leicht, an eine Fete auf dem Balkon war gar nicht zu denken. Wir hatten das Wohnzimmer mit den Lampions dekoriert. Simon hatte den Anzug, den er auf der Butler-Schule getragen hatte, rausgekramt, weiße Handschuhe angezogen, um die Gäste zu empfangen und Getränke einzuschenken, und Tanjas Mutter bereitete in der Küche eine Eisbombe als krönenden Abschluss zu.

Es fehlten lediglich noch die anderen Gäste.

Viertel vor neun klingelte es endlich.

»Ich hab auch noch ein paar Leute vom Film eingeladen«, sagte Tanja stolz.

Sie wollte zur Tür, aber Simon hüstelte und meinte, das sei doch seine Aufgaben. Ich sah, wie er seine Handschuhe glatt zog, die Eingangstür öffnete und eine leichte Verbeugung machte.

David grinste zwar, aber er wirkte doch leicht irritiert, als Simon ihn ins Wohnzimmer schob.

Neben mir auf dem Sofa war noch Platz. Einen Moment lang befürchtete ich, David würde sich einen Stuhl angeln, bloß um nicht neben mir sitzen zu müssen, aber er ließ sich nichts anmerken, sondern setzte sich ganz selbstverständlich. Vorsichtshalber rückte ich ein Stückchen zur Seite.

Warum verunsicherte er mich eigentlich so?

»Oder nicht?«, fragte Marc und sah mich dabei an.

»Ja, natürlich«, sagte ich rasch. Ich hatte keine Ahnung, was er meinte, und alle bis auf David lachten.

Simon, der an der Tür gestanden hatte, stellte den CD-Player an und David sah mich fragend an. »Also? Was ist?«

»Wie? Was ist?«

»Sag mal, sitzt du auf deinen Ohren?«, rief Evelyn. »Marc hat doch gerade gesagt, dass wir eigentlich tanzen könnten, und du hast ›ja, natürlich‹ gesagt. Und dann fordert dich David auf und du … « Kopfschüttelnd war sie aufgesprungen und zog David mit sich auf die kleine Tanzfläche mitten im Zimmer. »Dann tanzt er eben mit mir!«, rief sie lachend. »Du kannst es ja mit Marc versuchen!«

Tanja sah mich an. Ich lade Evelyn nie, nie wieder ein, sagte ihr Blick, aber jetzt unternimm was, sonst ist der Abend gelaufen!

»Bloß nicht!«, wehrte Marc ab. »Ich bin ein richtiges Trampeltier, was Tanzen angeht, sagt Evelyn immer. Aber ihr Mädels könnt doch zusammen tanzen.«

Ihr Mädels! Tanja verdrehte die Augen und wollte etwas sagen, aber glücklicherweise klingelte es genau in diesem Moment.

Simon begrüßte die Gäste und langsam wurde es eng in dem kleinen Wohnzimmer. Aber Tanja war glücklich, glücklich vor allem, weil tatsächlich jemand vom Filmstudio gekommen war, zwei Jungs, die zwei oder drei Jahre älter waren als wir und auch eine Statistenrolle hatten und vielleicht hofften, hier wichtige Leute zu treffen.

»Ist der eine nicht süß?«, flüsterte Tanja mir zu, als sie Chips in eine leere Schüssel nachfüllte. »Ich glaube, er heißt Alain und ist Franzose. In den könnte ich mich glatt verlieben. Aber ich muss an meine Karriere denken. Und dann gibt es da ja noch Tim.«

Simon hatte alle Hände voll zu tun, aber es schien alles zu klappen. Einer der Lampions fing Feuer, aber Marc schüttete geistesgegenwärtig sofort eine Flasche Apfelsaft darüber und rettete damit die Wohnung und den Abend.

Ich stand am Eingang, als ich Frau Ostertag mit weißer Schürze neben mir bemerkte.

»Das ist ein schöner Tag für unsere Tanja«, sagte sie glücklich.

Eine halbe Stunde später klingelte es wieder.

Tanja, die mit einem ihrer zukünftigen Schauspielerkollegen tanzte, stieß einen Schrei aus und rannte zum Balkon.

»Ich hab eigentlich niemand mehr eingeladen!«, rief sie mir zu. »Vielleicht geschieht ja ein Wunder und Tim Sharer kommt zufällig vorbei, weil wir doch jetzt Kollegen sind.«

Sie starrte in die Dunkelheit, dann schien sie zu erkennen, wer unten an der Eingangstür stand und zum zweiten Mal klingelte.

»Oh nein«, flüsterte sie nur.

»Das Gewitter hat sich verzogen und es ist doch noch ein wunderschöner Sommerabend geworden. Da dachten wir, wir fahren in die Stadt, gehen Eis essen und nehmen auf dem Rückweg einfach unsere Henriette mit«, sagte Mama zu Frau Ostertag.

Papa, Anette und auch Katrin nickten.

»Henri muss endlich mal wieder etwas früher ins Bett. Sie hat ja schon richtige Ringe unter den Augen«, ergänzte meine Schwester, die mir den Blazer immer noch nicht verziehen hatte. Vielleicht hatte sie auch entdeckt, dass ich ihn nie in eine Reinigung gebracht hatte. Oder sie hatte wieder Ärger mit Robert. Jedenfalls stand sie in der Diele und guckte ganz zufrieden. »Sie sieht zwar schon ganz erwachsen aus, aber eigentlich ist sie noch ein Kind.«

Tanjas Mutter nickte etwas unsicher.

»Wollen Sie nicht reinkommen?«, fragte sie schließlich. »Sie müssen ja nicht den ganzen Abend hier in der Diele verbringen.«

Mama lachte. »Vielen Dank, Frau Ostertag, aber wir wollen gleich wieder gehen.«

»Es ist doch erst kurz vor zehn«, protestierte ich. »Und die anderen dürfen auch noch alle bleiben!«

»Henri kann bei uns übernachten«, schlug Frau Ostertag vor. »Wir haben immer ein Bett für sie.«

Mama schüttelte bedauernd den Kopf. »Sie muss sich ein bisschen um unseren Besuch kümmern«, erklärte sie. »Katrin ist erst sieben, wir können sie morgen früh unmöglich allein lassen und sie hängt ja so an Henriette.«

»Ich will aber noch nicht nach Hause!«, sagte ich wütend.

Irgendjemand hatte die Tür zum Wohnzimmer aufgemacht und ich kam mir in der hell erleuchteten Diele vor wie auf einer Bühne. In einem ziemlich schlechten Stück allerdings, in dem ich im Moment leider die Hauptrolle zu spielen schien!

Mir war klar, dass ich gegen die geballte Übermacht meiner Familie keine Chance hatte.

»Zehn Minuten noch, ja?«, fragte ich. »Bitte!«

Meine Eltern sahen sich an. Anette wollte etwas sagen, aber dann nickte Paps und meinte, zehn Minuten seien noch drin, da könnte ich mich in Ruhe von den anderen Gästen verabschieden.

Das gab den Ausschlag! In meinem Gehirn setzte sich eine total verrückte Idee fest! Jetzt war ohnehin alles egal!

Evelyn, die wahrscheinlich als Erste begriffen hatte, dass meine Eltern gekommen waren, um mich abzuholen, lächelte halb mitleidig, halb spöttisch. Ich holte mir bei Simon ein Glas Apfelsaft, schüttelte entschieden den Kopf, als Tanja meinte, sie könne ja noch mal mit meinen Eltern reden, und schaute mich unauffällig um.

Meine Familie hatte sich an der Tür platziert, so,

als wollten sie verhindern, dass ich ihnen doch noch entwischte. Am anderen Ende des Wohnzimmers, leicht gegen die Fensterbank gelehnt, stand David neben einem der beiden Schauspielerkollegen von Tanja.

Ich musste wieder an das Bild des italienischen Malers denken und einen Moment lang hatte ich das Gefühl, dass alles vorherbestimmt war, auch das, was gleich passieren würde. David und der andere Junge unterhielten sich angeregt, aber darauf konnte ich in meiner jetzigen Situation keine Rücksicht nehmen.

Langsam ging ich durch den Raum. Die Musik war ruhiger geworden, Simon spielte einen Schmusesong. Hinter mir hörte ich halblautes Lachen, dann rief Marc etwas, was ich nicht verstand. Nur noch wenige Schritte war ich von meinem Ziel entfernt. David schien auf mich aufmerksam geworden zu sein, denn er reagierte gar nicht, als der Junge neben ihm etwas sagte, lachte und ihn dann mit der Faust in den Oberarm boxte.

David blickte nur mich an.

Ich schluckte, als ich direkt vor ihm stand.

Ich sah ihm fest in die Augen, dann küsste ich ihn so, wie man sich nur küsst, wenn es Liebe ist.

Während

der ganzen Fahrt nach Hause sagte niemand ein Wort. Paps murmelte lediglich einmal »Mist«, als die Ampel am Willy-Brandt-Platz auf Rot umsprang und er bremsen musste.

Ich saß zwischen Anette und Katrin auf dem Rücksitz und hatte jede Menge Zeit nachzudenken. War es in Ordnung, dass ich David einfach so geküsst hatte? Marc und Evelyn hatten den halben Abend rumgeknutscht, aber da hatte niemand ein Wort darüber verloren. Ich musste fast lachen: Auch über meinen Kuss redete niemand. Es schien, als wolle meine Familie ihn totschweigen.

Plötzlich war ich mir gar nicht mehr so sicher, ob es eine gute Idee gewesen war.

»Wir unterhalten uns morgen«, sagte mein Vater, als wir vor unserem Haus standen.

»Was gibt es denn da zu reden?«, entgegnete ich.

Meine Mutter sah mich kopfschüttelnd an. »Nicht vor Katrin«, murmelte sie. Und dann fügte sie noch hinzu: »Henriette, von dir hätte ich so ein Verhalten wirklich nicht erwartet.«

»Hast du mit oder ohne Zunge geküsst?«, wollte Katrin am nächsten Morgen wissen.

Es war halb zehn, als ich endlich aufwachte. Sie saß am Fußende meines Bettes und schien mich schon eine ganze Weile beobachtet zu haben.

»Mit oder ohne? Jetzt sag schon!«

»Katrin! Du bist erst sieben!«

Sie kicherte. »Aber ich bin nicht von gestern! Du willst bloß nicht darüber reden. Ich kann ja auch David fragen.« Jetzt kreischte sie vor Begeisterung. »Der war nämlich auch dabei, oder? Stimmt es, dass man ohne Zunge küsst, wenn man nicht ganz so verliebt ist?«

»Das geht dich gar nichts an«, sagte ich streng.

Sie schüttelte den Kopf. »Doch, natürlich. Ich will alles wissen übers Küssen!«

Ich überlegte gerade, ob ich Robert in der Bank anrufen und ihn bitten sollte, sein frühreifes Patenkind sofort abzuholen, da klingelte das Telefon.

Ich spürte: Es war David!

Vielleicht hatte Katrin den gleichen Gedanken, denn auch sie war sofort aufgesprungen, als es läutete. Zusammen rannten wir die Treppe hinunter. Auf dem Treppenabsatz überholte ich sie mit einem weiten Sprung und nahm den Hörer ab.

»Hallo«, rief ich erwartungsvoll.

»Bin bloß ich, tut mir Leid«, meinte Tanja am anderen Ende der Leitung, »du klingst so, als hättest du jemand anders erwartet. Darf ich mal raten?«

Ich schüttelte energisch den Kopf, als Katrin mitzuhören versuchte. »Du kannst mal Frühstück für uns machen, Katrin. Oder bist du dafür noch zu klein?«, fragte ich und sah sie ziemlich streng an.

Es schien zu wirken; sie trottete jedenfalls in die Küche und ich hatte für einen Moment Ruhe.

»Uff«, sagte ich, als ich mich in meinem Zimmer auf mein Bett fallen ließ. »Erzähl mal!«

Tanja lachte kurz auf. »Erzähl du mal lieber! Du hast garantiert mehr zu berichten.«

Sie hatte, wie die meisten auf der Fete, gar nicht richtig mitgekriegt, was passiert war. Erst durch Evelyn, die natürlich gleich eine ganz bombastische Geschichte daraus gemacht hatte, hatte sie davon erfahren.

»Evelyn hat behauptet, dein Vater hätte dich im Polizeigriff zum Auto geführt«, sagte sie kichernd. »Stimmt das? Und dass du vor den Augen deiner Eltern mindestens fünf Minuten lang mit David rumgemacht hättest!«

»Typisch Evelyn«, konnte ich nur antworten. »Stimmt alles gar nicht. Aber eines ist richtig: Ich hab ihn geküsst. Ohne Vorwarnung. Einfach so, weil ich es wollte.«

Einen Moment lang herrschte Schweigen. Dann räusperte sich Tanja. »Und?«, fragte sie.

»Was heißt *und*? Ich hab keine Ahnung, wie es weitergeht«, sagte ich langsam. »Meine Eltern haben kein Wort darüber verloren, aber sie haben angekündigt, dass sie heute mit mir reden wollen.« Ich lachte kurz auf. »Und du kannst dir natürlich vorstellen, dass sie mich nicht unbedingt loben werden.«

»Ich finde es toll – und auch total mutig«, sagte Tanja. »Ich würde mich das nie trauen, ehrlich. Bist du jetzt richtig mit David zusammen?«

Er war, so erfuhr ich, kurz nach dem Kuss gegangen, wortlos. Er hatte ihr nur kurz zugewinkt und war dann verschwunden.

»War vielleicht auch besser so«, meinte sie. »Stell dir mal vor, was Evelyn ihn alles gefragt hätte! Übrigens, was ich dich noch fragen wollte: Wenn du jetzt mit David zusammen bist, hast du dann noch Zeit, in den Ferien was mit mir zu unternehmen? Und was ist mit Tom?«

Ich seufzte.

Natürlich konnte ich nicht in Ruhe telefonieren, weil immer wieder Katrin an der Tür rüttelte und rief, dass das Frühstück fertig sei. Schließlich gab ich total genervt auf.

Erwartungsvoll saß Katrin am Tisch, als ich endlich nach unten kam. Sie hatte einen großen Strauß Rittersporn und Goldlack gepflückt – in Davids Garten, wie sie auf Nachfragen zugab – und in eine Vase gestellt.

»Du hast ja für drei gedeckt«, stellte ich fest, als ich mich setzte. »Ich dachte, Anette muss arbeiten.«

»Wir können doch David einladen. Deshalb bin ich durch die Hecke zu ihm rüber. Ich hab gehofft, er ist draußen. War er aber nicht. Und da habe ich eben ein paar Blumen gepflückt«, erklärte sie.

Ich schüttelte nur den Kopf.

Katrin grinste. »Wenn ihr euch küssen wollt, kann ich mich auch solange umdrehen, damit es euch nicht peinlich ist.«

»Danke«, sagte ich. »Du bist richtig reizend.«

Plötzlich hatte ich gar keinen Appetit mehr. Ich wollte nur noch zu Tanja und in Ruhe mit ihr über alles reden. Aber was sollte ich mit Katrin machen? Sie mitnehmen? Damit sie die ganze Zeit die Ohren spitzen und zu Hause beim Abendbrot alles wiedergeben würde? Auf keinen Fall! Aber sie allein zu Hause lassen, getraute ich mich auch nicht.

Da hatte ich eine Idee.

Robert staunte nicht schlecht, als ich kurz vor elf mit Katrin in der Bank stand.

»Um Himmels willen, was ist denn los?«, wollte er wissen. »Irgendwelche Katastrophen?«

Ich lächelte äußerst freundlich. »Dein Patenkind wollte dich mal besuchen. Katrin hat so wenig von ihrem Onkel, dass sie richtig traurig ist.«

Katrin nickte.

»Ah ja«, meinte Robert und klang etwas ratlos. Er ordnete die drei Papierstapel, die auf seinem Schreibtisch lagen, neu. »Vielleicht können wir ja mal am Wochenende einen Ausflug machen. Dann hab ich auf alle Fälle Zeit für Katrin.«

»Warum nicht jetzt gleich? Du weißt doch: Was du heute kannst besorgen, das verschiebe nicht auf morgen«, unterbrach ich ihn und lächelte freund-

105

lich. »Ich hab nämlich was Wichtiges vor. Ich hole Katrin so gegen eins wieder bei dir ab.«

»Henriette, hör mal, du kannst doch nicht …«, rief er hinter mir her. Weiter kam er nicht, weil in diesem Moment eine Kundin die Bank betrat und er wieder höflich lächeln musste.

Ich winkte Katrin, die mich breit angrinste, zu und schwang mich auf mein Fahrrad. Das Versprechen, ihr zu Weihnachten Ohrringe zu schenken, war eine gute Investition gewesen. Robert als Banker müsste mit mir eigentlich zufrieden sein.

»Meine Mutter arbeitet doch seit kurzem wieder drei Tage in der Woche im Hotel. 400-Euro-Job oder so ähnlich«, sagte Tanja, als sie mir die Tür öffnete. Sie hatte eine gestreifte Schürze umgebunden und hielt einen Müllsack in der Hand. »Und Simon macht seine Umschulung. Da muss *ich* eben die Überreste von gestern Abend beseitigen. Ist ja auch in Ordnung, schließlich war es meine Fete. Lieb, dass du mir helfen willst.« Sie drückte mir den Müllsack in die Hand. »Hier. Schmeiß einfach alles rein, was rumliegt. Vor allem die Luftschlangen. Die hat Evelyn mitgebracht. Eigentlich müsste ich sie anrufen und bitten, dass sie die auch wieder mitnimmt.« Sie lachte. »Aber Evelyn müssen wir uns nicht antun, oder?«

»Nein, bloß nicht. Erzähl noch mal, was sie behauptet hat. Ich hätte mit David rumgemacht oder wie?«

Meine Freundin stellte den Besen, mit dem sie einen Teil der Luftschlangen zusammengekehrt hatte, beiseite. »Ich befürchte sogar, dass sie das inzwischen überall rumerzählt. Vorhin, als ich im Supermarkt Bodenreiniger gekauft habe, habe ich Jenny getroffen und die meinte, sie hätte schon von unserer heißen Fete gehört.«

»Dann ist es nur eine Frage der Zeit, bis es Tom erfährt«, sagte ich.

Tanja sah mich unsicher an. »Und? Macht dir das was aus?«

Ich schüttelte den Kopf und stopfte wie wild Luftschlangen in den Müllsack. Evelyn musste die kiloweise mitgebracht haben.

»Nein, nicht wirklich«, sagte ich nach einer Weile. »Weißt du, er hat ja angefangen. Wenn er nicht wieder mit Susan zusammen wäre, dann ... « Ich musste schlucken, denn ein kleines bisschen war mir immer noch zum Heulen, wenn ich an Tom dachte.

»Na komm, sei ehrlich«, unterbrach Tanja meine Gedanken. »Du hast dich in David verliebt. So was kommt vor. Ich denke, Tom wird das auch akzeptieren. Aber vielleicht solltest du ihm doch schreiben. Muss ja nicht gleich sein«, fügte sie hinzu, als sie mein Gesicht sah. »Und was macht David? Was sagt er zu der Sache?«

Großzügig verteilte sie das Putzmittel auf dem Boden, das ich mit Schrubber und Wischtuch im ganzen Zimmer verarbeitete. Ich war ganz froh, dass ich mich auf die Arbeit konzentrieren musste, denn ich hatte keine Ahnung, was ich auf Tanjas Frage antworten sollte. Was sagte David eigentlich zu der Sache?

»Also?«, meinte sie, als wir alles geputzt hatten. »Was ist mit David?«

»Ich hab keine Ahnung«, sagte ich.

Meine Freundin lachte. »Na, den ersten Kuss habt ihr jedenfalls schon hinter euch.« Sie musterte den Fußboden und murmelte: »Ich befürchte, wir müssen noch mal wischen. Meine Mutter kriegt Zustände, wenn sie die komischen Streifen sieht.«

»Ich muss Katrin abholen, ich hab sie in der Bank bei Robert geparkt und der macht ein Riesentheater, wenn ich nicht pünktlich komme«, sagte ich schnell. Ich hatte keine allzu große Lust, den Boden nochmals zu wischen.

Zum Glück klingelte in dem Moment das Telefon.

»Ich tu einfach so, als ob ich nicht da bin«, meinte Tanja ungerührt, während sie mit dem Wischlappen über den Boden fuhr.

Beim zehnten oder elften Klingeln gab sie sich geschlagen.

»Könnte ja vielleicht Hollywood sein«, grinste sie, als sie in die Diele ging.

Ich sah auf die Uhr – kurz nach halb eins – und dann wischte ich weiter. Ein paar Minuten Verspätung würden ja wohl nicht so schlimm sein.

»Und? Hast du ein Angebot aus Hollywood?«, fragte ich, als sie zurückkam.

Sie lachte, aber es klang nicht sehr fröhlich.

»Nein! Aber wenn wir jetzt nichts unternehmen, dann hast du ein Problem!«

Ich sah sie fragend an.

»Das war grad Marc am Telefon«, erzählte sie mir. »Er vermisst seinen Schlüsselanhänger, ein hellrosa Plüschelefant, den Evelyn ihm zu Weihnachten geschenkt hat.«

»Und was hat das mit mir zu tun?«, fragte ich. »Bin ich vielleicht schuld daran, wenn er was verliert? Es reicht doch wohl, wenn er Evelyn als Babysitter hat.«

Tanja biss sich auf die Unterlippe. »Ich werde Evelyn nie mehr einladen«, sagte sie mit finsterer Stimme. »Weißt du, was diese Kuh gemacht hat?«

»Nein, aber du wirst es mir jetzt bitte endlich sagen!«

»Evelyn hat gestern Abend auf der Party die ganze Zeit Fotos geschossen mit ihrem neuen Fotohandy. Ich fand die Idee eigentlich ganz gut. Ich wollte sie sogar fragen, ob ich mir davon Papierabzüge machen lassen kann, um sie in mein Fotoalbum zu kleben.«

»Und wo ist nun das Problem?« Ich schielte unauffällig auf die Uhr. Zehn vor eins. Robert würde garantiert toben!

»Evelyns Cousine ist doch auch mit nach Kalifornien gefahren«, sagte Tanja. »Und der will unsere liebe Evelyn nun alle Fotos mailen. Verstehst du? Die Fotos befinden sich demnächst in Kalifornien und Evelyns Cousine wohnt bei der Freundin von Susan.«

Ich kapierte immer noch nicht.

»Der Kuss! Evelyn hat mindestens drei Fotos von dir und David gemacht! Und die seien so was von eindeutig, behauptet Marc.«

Im ersten Moment dachte ich, na und, schließlich hat Tom wieder was mit Susan angefangen, da merkt er mal, was für ein bescheuertes Gefühl das ist, aber dann wurde mir doch irgendwie ganz anders.

Mein Handy klingelte.

»Vielleicht ist das ja Tom«, meinte Tanja.

Ich lächelte, aber ich merkte selbst, was für ein trauriges Lächeln es war. Nie wieder würde mich Tom anrufen. Vor allem, wenn er die Bilder gesehen hatte!

Die Nummer auf dem Display kannte ich. »Mist, das ist Robert! Das war ja zu erwarten. Der hat mir gerade noch gefehlt. Mensch, Tanja, was mach ich denn jetzt? Ich hab keinen Nerv, den ganzen Nachmittag mit Katrin zu spielen. Ich muss mich endlich mal um mein eigenes Leben kümmern.«

Kurz entschlossen nahm mir meine Freundin das Telefon aus der Hand.

»Ballettstudio Neumeier«, meldete sie sich. »Wir nehmen ab heute Anmeldungen für unseren neuen Kurs entgegen. Wenn Sie mir bitte Ihren Namen sagen würden!«

Ich musste ein bisschen grinsen, als sie triumphierend auflegte.

Robert würde diese Nummer so schnell nicht mehr anrufen.

Wir stellten die Putzarbeiten ein, räumten alle Möbel zurück an ihren Platz und hofften, dass Tanjas Mutter der merkwürdig gestreift wirkende Fußboden nicht auffallen würde.

»Vielleicht sind die Fotos gar nicht so eindeutig, wie Marc gesagt hat«, meinte ich nach einer Weile. »Weißt du, Jungs können Dinge manchmal nicht richtig einschätzen und vertun sich ganz gewaltig. Meinst du nicht, wir sollten uns die Bilder einfach mal anschauen?«

Tanja nickte. »Vielleicht können wir ja noch das Schlimmste verhindern.«

Weil wir Evelyns Adresse nicht so genau kannten, riefen wir sie von unterwegs aus an.

Wir hörten, wie sie abnahm, aber sie schien uns nicht zu hören.

»Typisch«, schimpfte Tanja, »teures Fotohandy, aber normale Gespräche kann man damit nicht führen. Wie kriegen wir denn jetzt raus, wo sie wohnt? Wir können doch nicht den ganzen Nachmittag hier in der Gegend rumfahren und auf einen Zufall hoffen, oder?«

Wir riefen Marc an, aber bei ihm meldete sich nur die Mailbox.

»David«, sagte ich nach kurzem Zögern, »ich glaube, David weiß, wo sie wohnt.«

»Also dann«, sagte meine Freundin. »Ruf ihn an. Ich bin total erledigt. Bei dieser Hitze sollte man ins Freibad gehen und nicht in der Gegend rumradeln.«

111

Ich zögerte einen Moment. Gestern Abend hatte ich David geküsst – und heute hatte ich noch mehr Hemmungen mit ihm zu reden als zuvor.

»Also?« Tanjas Gesicht war knallrot, sie war total verschwitzt. Ich hatte den Eindruck, dass sie nicht mehr lange durchhalten würde.

Ich nickte.

David meldete sich gleich beim ersten Klingeln.

»Ich bin's, Henri«, sagte ich schnell, um jeglicher Verwechslung vorzubeugen.

Tanja, die neben mir stand, deutete auf ihre Armbanduhr. »Wir müssen uns beeilen«, flüsterte sie. »Red nicht so lang.«

»Henri«, sagte er und ich hatte den Eindruck, dass er sich freute. »Henri, wo ... «

»Ich kann nicht lange reden«, unterbrach ich ihn. Tanja hielt mir demonstrativ ihre Uhr unter die Nase. Gleich halb zwei. Siedend heiß fiel mir wieder Robert ein. Wahrscheinlich ließ er mich bereits von der Polizei suchen. »Kannst du mir bitte schnell die Adresse von Evelyn geben? Bitte! Es ist unheimlich wichtig!«

»Evelyns Adresse?« Seine Stimme klang ziemlich erstaunt. »Aber ich ... «

»Bitte! Ich brauche sie ganz dringend.«

»Keltenring 86 d«, sagte er knapp.

Ich wollte noch Danke sagen und ihm versprechen, dass ich ihn später in aller Ruhe anrufen würde, aber da hatte er schon aufgelegt.

Minuten später standen wir vor Evelyns Haus.

»Hoffentlich macht Evelyn keinen Ärger«, murmelte Tanja, während sie klingelte.

Einen Moment lang hatte ich den Eindruck, Evelyn hatte auf uns gewartet, so schnell öffnete sie die Tür.

»Wow, was für 'ne Überraschung!«, sagte sie. »Ist irgendwas?«

»Du hast so tolle Fotos gemacht, habe ich gehört«, sagte ich und überlegte, ob wir uns einfach an ihr vorbei ins Haus drängeln sollten. »Die wollten wir uns gerne mal anschauen.«

Sie zuckte die Schultern. »Na ja, so toll sind sie nun auch wieder nicht.« Sie zögerte einen Moment und schien zu überlegen. »Aber wo ihr schon mal da seid, kann ich sie euch gern zeigen.«

Tanja, die aussah, als würde sie gleich einen Sonnenstich kriegen, verzog das Gesicht. »Nett, dass du uns reinbittest«, meinte sie und schob sich an Evelyn vorbei in die kühle Diele. »Und dann kannst du uns auch gleich noch was zu trinken bringen.«

»Ja, natürlich.« Evelyn wirkte überhaupt nicht mehr souverän. Sie rannte in die Küche, brachte uns eine Flasche Wasser und meinte, sie würde nur schnell ihr Handy holen, dann könnten wir uns die Bilder anschauen.

Wir standen in der Diele mit den schweren Eichenmöbeln und grinsten. Im oberen Stockwerk hörte man Evelyn fluchen, die ihr Handy suchte und dabei über irgendwas gestolpert zu sein schien.

»Wir haben sie grandios überrumpelt«, flüsterte Tanja. »Hast du gemerkt, wie durcheinander sie ist? Jetzt müssen wir sie nur noch so weit kriegen, dass sie die Bilder löscht. Dann kann sie garantiert kein Unheil damit anrichten.«

Direkt hinter mir wurde eine Tür geöffnet. Ich erschrak kurz, denn ich hatte vermutet, dass Evelyn allein im Haus war. Hinter uns stand eine alte Frau. Evelyns Großtante, wie sich herausstellte.

»Lässt Evy euch einfach so rumstehen«, sagte sie mit leichtem Tadel in der Stimme, »und das bei dem Wetter. Wollt ihr nicht ein bisschen raus in den Garten? Am Teich vorne ist es herrlich schattig und der junge Mann freut sich bestimmt, wenn ihr ihm ein bisschen Gesellschaft leistet.« Sie ging zur Treppe. »Evylein, was machst du denn da oben? Willst du dich nicht um deinen Besuch kümmern?«

»Teich und Schatten, das hört sich gut an«, flüsterte ich Tanja zu.

Wir liefen durchs Wohnzimmer in den weitläufigen Garten, wo wir ganz am Ende einen Teich und Schatten spendende Trauerweiden sahen.

Tanja kniff die Augen zusammen. »Ach, da sitzt ja Marc«, sagte sie.

Ich nickte.

Aber wir hatten uns beide getäuscht.

»**W**as machst

du denn hier?«, fragte ich erstaunt und setzte mich neben ihn.

»Ich vermute, dasselbe wie du«, sagte David und lächelte ein bisschen. »Wir waren ja, wenn man das so sagen kann, die Stars des Abends. Wobei du eigentlich die Hauptrolle gespielt hast.«

Er schob den Stapel Fotos rüber und sah mich an, als ich hastig die Bilder durchblätterte.

Ich musste schlucken.

Evelyns fotografisches Talent ließ ziemlich zu wünschen übrig. Die meisten Fotos waren Schnappschüsse, zum großen Teil verwackelt, bis auf die letzten Aufnahmen. Hier schien sie sich wirklich Mühe gegeben zu haben.

»Das war eben ein scharfes Motiv«, meinte David. »Der Spruch ist von Marc«, fügte er hinzu, als er meinen Blick sah. »Herrgott, jetzt guck doch nicht so! *Du* hast mich schließlich geküsst, oder hab ich das nur geträumt?«

Ich wollte etwas sagen, aber in dem Moment kam Evelyn angerannt. Die Ausrede mit dem Handy, das sie angeblich nicht fand, zog nun wirklich nicht mehr.

»Ich hab überhaupt nicht mehr dran gedacht, dass die Fotos ja schon ausgedruckt sind«, behauptete sie, ohne rot zu werden. »Und? Wie gefallen sie euch?«

Tanja hatte sich neben mich gesetzt und streckte die Beine aus. Sie lehnte sich zurück und sah Evelyn freundlich an. »Die meisten sind so grauenhaft schlecht, dass ich dich garantiert nie wieder zu einer Fete einladen werde, das kannst du mir glauben.«

Evelyn zuckte die Schultern. Dann lachte sie laut auf. »Aber die Bilder von Henri und David sind toll, nicht? Ich hoffe bloß, Viola zeigt die nicht gleich rum!«

»Viola?«

»Meine Cousine.«

»Und die ist in Kalifornien, bei der Freundin von Susan«, sagte ich langsam. »Ich verstehe.«

Evelyn sah mich betreten an. »Ja, das könnte ziemlich blöd rüberkommen, das ist mir gerade auch eingefallen. Wenn Tom die Fotos sieht, dann kriegst du wahrscheinlich ganz gewaltigen Ärger mit ihm. Marc würde sich wahrscheinlich postwendend von mir trennen, wenn ich jemand anderen so küssen würde.«

David rutschte auf seinem Stuhl hin und her. Er fühlte sich sichtlich unwohl. »Ich geh dann mal wieder«, murmelte er.

»Aber ...«, riefen Evelyn und ich wie aus einem Mund.

Am liebsten hätte ich gesagt: Warte, ich komm mit! Lass uns den Nachmittag zusammen verbringen, wir haben so viel zu besprechen! Bist du eigentlich verliebt in mich? Sind wir jetzt zusammen oder nicht? Doch er war schon aufgestanden.

»Ich ruf dich an«, versprach er, aber ich wusste nicht genau, ob er Evelyn oder mich meinte.

»Das ist 'ne blöde Sache und mir ist es auch ziemlich peinlich«, sagte Evelyn, nachdem David verschwunden war. »Ich könnte natürlich meiner Cousine eine Mail schicken, dass sie die Bilder nicht zeigen soll, aber ich befürchte, dazu ist es zu spät.«

»Es ist nie zu spät«, meinte Tanja mit Grabesstimme und schob die Bilder zur Seite. »Oder?«

Evelyn schüttelte den Kopf. »Doch, in dem Fall schon.« Einen Moment lang hatte ich den Eindruck, dass ihr das Durcheinander, das sie angerichtet hatte, wirklich Leid tat. »Dietmar hat heute Geburtstag und weil Frau Doktor Caberg mich gebeten hat, ihm was zu mailen, hab ich alles zusammen weggeschickt. Heute Morgen!«, fügte sie hinzu. »Um halb neun!«

Ich lachte laut. »Du willst mir doch nicht erzählen, dass die Caberg bei dir vorbeikommt und dich bittet, dass du Dietmar schreibst! Ausgeschlossen. Das ist ein Witz, oder?«

Es war leider kein Witz, wie sich herausstellte. Evelyn hatte Prospekte ausgetragen und dabei Frau Doktor Caberg getroffen, die ganz unglücklich war,

dass Tanja und ich am Tag zuvor nicht bei ihr vorbeigekommen waren.

»Sie wollte ihm unbedingt zum Geburtstag was
schreiben und seine letzte Mail lesen und da bin ich
eben mit zu ihr, hab seine letzte Mail ausgedruckt
und wollte ihm eine neue schreiben, aber die kam
zurück und dann ist ihr Computer abgestürzt. Sie
hat mir dann den Text diktiert und ich hab die
Glückwünsche von hier aus weggeschickt, zusammen mit den Fotos.« Sie sah mich an. »Bist du sehr
sauer auf mich?«

Diese Frage konnte sie sich selbst beantworten.

»Du weißt nicht zufällig, was Dietmar geschrieben
hat?«, fragte Tanja. »Ich meine, manchmal wirft
man ja ganz zufällig einen Blick drauf und ...«

Sie überlegte kurz. »Eigentlich weniger«, sagte
sie. Dann fügte sie nach kurzem Zögern hinzu:
»Aber die Glückwünsche, die die Caberg mir diktiert
hat, hab ich auf den Ausdruck von Dietmars Mail geschrieben. Soll ich den mal suchen?«

Wenige Minuten später kam sie angerannt und wedelte triumphierend mit einem Blatt.

»Hier, vielleicht hilft es euch irgendwie weiter. Ich
hab's natürlich nicht gelesen.«

Ich nahm ihr das Papier aus der Hand und gruß-
los marschierten Tanja und ich zum Haus zurück.

»Wollt ihr nicht ein leckeres Stückchen Torte essen?«, fragte Evelyns Großtante, als sie uns sah. »Evylein hat gebacken und ...«

118

»Evylein kann von mir aus an ihrer Torte ersticken«, murmelte meine Freundin.

»Wie bitte?«

»Ich sagte, wir sind schon satt!«, rief Tanja. »Aber trotzdem vielen Dank.«

Wir radelten ein Stück, dann holte ich das Blatt aus meiner Hosentasche und las laut vor. Zuerst kam wieder das Dietmar-Caberg-Übliche: das wenig gesunde Essen, seine Halsschmerzen und so weiter und so fort.

Aber dann: »*Du brauchst dir keine Sorgen zu machen wegen Susan und mir*«, las ich Tanja vor. »*Sie ist fest in Toms Händen. Ich bin darüber auch nicht traurig, weil es viel zu früh wäre, sich so fest zu binden wie die beiden. Neulich haben sie sogar schon von Verlobung geredet. Weil ich mir nicht sicher war, habe ich im Wörterbuch nachgeschlagen und ...*« Ich ließ die Mail sinken.

Leider tat es – trotz David – immer noch ganz schön weh.

»So langsam bin ich Evelyn direkt dankbar, dass sie die Fotos nach Kalifornien gemailt hat«, sagte Tanja. »Das hätte ich Tom wirklich nicht zugetraut. Aber jetzt ist es auch egal. Tom war eben nur eine Episode in deinem Leben. Du hast ja David.«

»Ja«, sagte ich langsam. »Hast du den Eindruck, dass er wirklich in mich verliebt ist?«

Sie nickte heftig. »Klar. Ich vermute nur, dein Kuss hat ihn ein bisschen überfordert. Er ist total in dich verliebt, aber er kann es nicht so richtig zeigen. Der

Kollege von meiner Mutter, der nachher zu Besuch kommt, ist genauso. Meine Mutter hat gemeint, wenn er in dem Tempo weitermacht, wird sie hundert, bis er sie zum ersten Mal küsst. Männer sind eben so! Oh Gott!« Entsetzt sah sie auf die Uhr. »Es ist gleich halb drei und in einer halben Stunde habe ich Gesangsunterricht. Bist du mir böse, wenn ich jetzt sofort gehe? Sonst kriege ich nämlich Ärger!«

Langsam fuhr ich durch die Straßen, die wegen der Hitze wie ausgestorben waren. Sicherlich hatte Tanja Recht: Ich hatte David überrumpelt und musste ihm einfach ein bisschen Zeit lassen. Ich musste die Sache mit Tom ja auch erst mal verdauen. Zu Hause würde ich alles, was mich an ihn erinnerte, in einen großen Karton packen und in den Keller stellen.

Aber vorher musste ich zur Bank und Katrin abholen! Das hätte ich fast vergessen! Ich beschloss, Roberts Wutausbruch einfach an mir abprallen zu lassen und stattdessen an David zu denken und zu lächeln!

Völlig außer Atem und verschwitzt riss ich die Tür zur Bank auf. Die Kollegin von Robert, die aussah, als hätte sie gerade ein bisschen gedöst, schreckte hoch und fuhr sich verlegen durchs Haar.

Ich sah mich um. Wo steckten Robert und Katrin?

Roberts Kollegin erzählte mir kopfschüttelnd, dass die beiden nach der Mittagspause einfach nicht mehr zurückgekommen seien. Stattdessen habe Robert sich krankgemeldet.

»Danke!«, rief ich und schwang mich wieder auf mein Fahrrad.

Nach dem dritten Klingeln öffnete mir eine putzmuntere Katrin die Tür.

»Robert liegt auf dem Sofa«, verkündete sie. »Du kannst ruhig hochgehen, ich glaube nicht, dass er ansteckend ist.«

Robert lag tatsächlich mit einem Eisbeutel auf dem Kopf auf dem Sofa. Der Fernseher lief mit voller Lautstärke und Katrin hatte sich im Schneidersitz davor platziert.

»Was ist denn mit dir los?«, fragte ich ihn entsetzt. »Hast du eine Kopfverletzung? Soll ich einen Arzt holen?«

Jetzt erst schien er mich wahrzunehmen. Er richtete sich halb auf und stöhnte. »Nein, nein, ich hab nur grauenhafte Kopfschmerzen. Du wolltest doch … Au!« Er ließ sich wieder auf das Kissen sinken.

»Übrigens«, er richtete sich mit schmerzverzerrtem Gesicht wieder auf, »glaubt Anette eigentlich immer noch, dass ich verheiratet bin?«

»Mit Anke«, ergänzte Katrin, die gleichzeitig der Talkshow im Fernsehen und unserem Gespräch zu folgen schien. »Mama hat gesagt, dass du mit Anke verheiratet bist.«

»Dann könnte sich Anke ja mal um dich kümmern«, sagte ich und musste mir ein Grinsen verkneifen.

Ich wollte Katrin gerade bitten aufzustehen, damit

wir wieder nach Hause gehen konnten, da erklärte mir Robert, dass er seine Schwester angerufen habe.

»Bea kommt morgen und holt Katrin wieder ab«, sagte er. »Solange kann sie hier bei mir bleiben.«

»Aber ...«

»Ich möchte nicht, dass sie noch länger bei euch ist«, meinte er. »Ich kann ja nicht von meiner Ex-Freundin verlangen, dass sie sich um mein Patenkind kümmert. Du kannst Anette übrigens ruhig mal sagen, wie schlecht es mir geht.«

Katrin protestierte heftig dagegen, bei Robert bleiben zu müssen. Lediglich die Aussicht auf ungestörten Fernsehkonsum stimmte sie wieder versöhnlich.

»Ich komm dann aber noch, um mich von David zu verabschieden«, meinte sie. »Sonst ist der nämlich sehr traurig.«

»Na endlich«, meinte Paps und sah mich über den Rand seiner Lesebrille missbilligend an. »Eine unserer verlorenen Töchter zeigt sich also wieder. Und wo ist bitte Katrin?«

Ich erzählte meinen Eltern, dass sie vorerst bei Robert bleiben würde.

»Ob das gut geht?«, fragte meine Mutter skeptisch. »Ist er damit nicht überfordert? Und die ganzen Sachen von ihr sind doch auch noch hier.«

»Jetzt mal der Reihe nach.« Paps sah auf die Uhr. »Die nächste halbe Stunde klären wir einige Dinge mit der lieben Henriette. Beispielsweise, wie sie ei-

122

gentlich auf die Idee kommt, mit diesem Jungen rumzuknutschen. Wenn Tom das erfährt, dann ... «

»Ach, das hätte ich fast vergessen«, unterbrach ihn Mama, »von Tom kam heute so eine süße Karte. Also, mir tut der Junge richtig Leid. Henriette, hast du dir wirklich überlegt, was du da tust?«

Eine Karte von Tom? Und warum hatte ich die nicht bekommen?

Wortlos hielt meine Mutter mir eine Ansichtskarte vor die Nase. Ich drehte sie um und wurde blass, als ich das Gänseblümchen entdeckte, das Tom sorgfältig mit dicken Klebstreifen befestigt hatte. Ein Gänseblümchen – das Zeichen unserer Liebe!

Ich hab es aus Deutschland mitgenommen, weil ich nicht wusste, ob ich hier welche finde, schrieb er. Einen Moment lang fühlte ich mich total mies, aber dann fiel mir wieder ein, was ich in Dietmars Mail gelesen hatte, und ich fand, dass ich mich völlig richtig verhalten hatte.

»Nett«, sagte ich nur und legte die Karte beiseite.

»Nett?«, schimpfte Paps. »Henriette, wir sind schockiert! Schockiert, weil du tatsächlich ... «

Ich sollte nie erfahren, worüber meine Eltern so schockiert waren, weil in diesem Moment das Telefon klingelte und Paps den Faden verlor. Während meine Mutter im Arbeitszimmer telefonierte, sagte keiner von uns ein Wort.

Minuten später kam sie kopfschüttelnd zurück. »Das Gespräch mit Henri müssen wir wohl verschieben«, meinte sie. »Anette hat gerade angerufen. Sie bringt Katrins Sachen bei Robert vorbei. Außerdem kriegen wir nachher Besuch.«

»Oh nein«, murmelte Paps, »können wir nicht endlich mal einen ruhigen Abend verbringen? Nur mit Zeitunglesen und ohne Küsse …« Dabei sah er mich an, aber ich hatte den Eindruck, dass er mir nicht mehr so richtig böse war.

»Anette war in der Mittagspause kurz hier und hat einen Brief unserer Nachbarn gefunden«, sagte Mama. »Sie wollen mit uns reden! Ich vermute, sie machen sich Sorgen um ihren Sohn. Wahrscheinlich hat es sich schon herumgesprochen, dass unsere Tochter bei Feten Jungs küsst, die sie gerade mal ein paar Tage kennt.«

Paps lachte. »Na ja, mancher Junge wäre vielleicht ganz froh darüber.« Als er Mamas Gesicht sah, winkte er ab. »War nur ein dummer Scherz. Du hast natürlich ganz Recht. Henri kann sich dann nachher mal bemühen, einen guten Eindruck zu machen.«

»Kommt David auch mit?« Die Frage konnte ich mir nicht verkneifen.

Meine Mutter sah mich tadelnd an. »Damit du noch mehr rumknutschen kannst, oder wie?«

»Nein, natürlich nicht, es hat mich nur interessiert«, sagte ich und überlegte, wie ich mich Davids Eltern gegenüber verhalten sollte.

Vielleicht kamen sie ja wirklich nur, weil David ihnen was von dem Kuss erzählt hatte! Ich spürte, wie mir heiß wurde. Wahrscheinlich würden sie ihm den

Umgang mit mir verbieten oder ihn sogar ins Internat schicken!

»Man sollte auf alle Fälle mal hier aufräumen«, sagte Mama. »Das kann ja Henri machen. Strafe muss sein!«

Strafe? Strafe wofür?, überlegte ich, während ich die gröbste Unordnung beseitigte. Ich fand nicht, dass ich etwas Strafbares getan hatte. Aber meine Eltern waren eben noch von vorgestern. Ich beschloss, meine Kinder später ganz modern zu erziehen und sie auch nie zum Aufräumen zu zwingen.

Hoffentlich waren Davids Eltern ein bisschen lockerer.

Entschlossen griff ich zum Telefon. Allein würde ich mich nicht vor ihnen rechtfertigen. David hatte mitgeküsst, also musste er auch mitkommen.

»Hallo, David«, sprach ich auf den Anrufbeantworter, »hier ist Henriette. Meine Eltern würden sich freuen, wenn du heute Abend kommst. Und ich freu mich auch.«

Dann legte ich auf.

Gegen halb sieben stürmte Anette das Haus.

»Robert hat mich im Labor angerufen«, lachte sie. »Ich vermute, er ist ziemlich mit den Nerven fertig. Er behauptet nämlich, er habe so einen komischen Juckreiz am ganzen Körper und Katrin auch. Geschieht ihm ganz recht, da merkt er mal, wie das so ist mit einem Kind. Außerdem ist es ja sein Patenkind und nicht meins. Ich hab ihm die zwei Koffer mit Katrins Sachen einfach vor die Tür gestellt.« Sie grinste und wandte sich an mich. »Henri, wie bist du denn auf diese grandiose Idee gekommen, Katrin einfach bei Robert in der Bank abzugeben?«

Ich starrte meine Schwester an, die allerbester Laune war. Natürlich hatte ich Vorwürfe erwartet und ich hatte mir auch schon zurechtgelegt, wie ich darauf reagieren würde. Aber die Begeisterung meiner Schwester, die haute mich fast um. Schade, dass ich keine Zeit hatte, ihr länger zuzuhören. Ich musste mich unbedingt noch umziehen, bevor Davids Eltern kamen.

Ich hatte mich gerade umgezogen und das erste Auge fertig geschminkt, da klingelte es. Sekunden später rief Paps, ich solle doch sofort runterkommen. Was sollte ich bloß tun? Mit nur einem total toll geschminkten Auge mit Lidschatten, Lidstrich und Wimperntusche konnte ich unmöglich runtergehen. Für das zweite würde ich aber mindestens noch mal zehn Minuten brauchen.

Kurz entschlossen griff ich nach meiner großen Sonnenbrille.

Meine Eltern, Anette und unsere Gäste schienen im Wohnzimmer zu sein. Ich atmete tief durch, als ich die Tür öffnete. Alle drehten sich um.

»Oh nein«, sagte ich nur.

Paps bekam einen heftigen Hustenanfall, als er mich mit Sonnenbrille sah, meine Mutter warf mir einen empörten Blick zu und Anette schüttelte den Kopf. Nur das ältere Ehepaar, das ich inzwischen ja schon recht gut kannte, schien sich nicht daran zu stören.

»Ach, das ist bestimmt Ihre jüngere Tochter«, sagte die Frau. »Ich glaube, wir haben die entzückende junge Dame schon kennen gelernt.«

Wer hatte eigentlich behauptet, Davids Eltern würden uns besuchen? Garantiert hatte Anette das Gerücht in die Welt gesetzt, weil sie wieder mal nichts geblickt hatte.

Kurz darauf stellte sich heraus, dass unsere Nachbarn vorbeigekommen waren, weil jedes Jahr in der letzten Augustwoche ein Straßenfest gefeiert wurde und sie uns fragen wollten, ob wir uns auch daran beteiligen wollten.

»Selbstverständlich, natürlich, machen wir«, sagte Paps schnell und zuckte nicht mal mit der Wimper, als er dafür fünfzig Euro in die Vereinskasse zahlen und eine Unterschrift leisten sollte. Ich hatte den Eindruck, er hätte in diesem Moment alles unterschrieben.

»Sie könnten vielleicht den Bratwurststand übernehmen«, sagte die Frau.

Paps nickte heftig, und damit war der Besuch auch schon beendet.

»Ich hab kein Wort gesagt, dass Davids Eltern kommen«, verteidigte sich Anette. »Ich hab nur gesagt, die Nachbarn wollen heute Abend mit uns reden.«

Sie musterte mich. »Kannst du mir mal verraten, warum du hier im Haus mit Sonnenbrille rumläufst?«

»Was sollen denn unsere Nachbarn denken?«, mischte sich meine Mutter ein. »Das ist doch lächerlich! Du bist schließlich kein Filmstar!«

Es klingelte. Das musste David sein. Und ich hatte mein zweites Auge immer noch nicht fertig geschminkt!

»Ich geh schon!«, rief ich, bevor irgendjemand meiner reizenden Familie die Tür öffnen konnte.

Draußen stand David in der Abendsonne und er sah wieder genau so aus wie der junge Mann auf dem Bild des italienischen Malers.

Ich musste schlucken. Vielleicht hatte ich mich gar nicht in David, sondern in dieses Bild verliebt.

»Du hast mir auf den Anrufbeantworter gesprochen, dass deine Eltern mich sehen wollen«, sagte er. »Also, ich bin bereit.«

Ich musste lachen. »Nein, es hat sich eigentlich schon wieder geklärt. Lass uns lieber ein bisschen spazieren gehen.«

Ich überlegte einen Moment, ob ich seine Hand nehmen sollte. Er schien den gleichen Gedanken zu haben, denn wir trafen uns in der Mitte.

Ziemlich glücklich schlenderten wir den Weg entlang. Keiner von uns sagte ein Wort, aber das war auch nicht nötig. Das Handy in meiner Hosentasche klingelte, es war bestimmt Tanja, aber ich kümmerte mich einfach nicht darum. Wichtig war nur, dass Da-

vid und ich Händchen haltend durch den Sommerabend spazierten. Die Sonne ging langsam unter
und ich fühlte mich wie in einem richtigen Liebes-
film.

»Rudi!«, rief David. »Mensch, da ist ja Rudi!«

Der Kater schien Davids Stimme gehört zu haben.
Er kam angerannt und strich uns maunzend um die
Beine.

David streichelte ihn. »Wo warst du denn? Ich hab
mir schon Sorgen gemacht.«

Rudis Antwort beschränkte sich auf ein klägliches
»Miau« und David meinte, wahrscheinlich sei er
halb verhungert und wir sollten lieber wieder nach
Hause gehen und ihn füttern.

Ich fand eigentlich, dass Katzenfutter nicht unbedingt zu einem romantischen Abend passte, aber
Rudi tat mir wirklich Leid, wie er da um uns herum-
strich.

»Wo sind eigentlich deine Eltern?«, fragte ich, als
wir in der Küche standen und Rudi beim Fressen zu-
sahen.

»In Frankreich«, sagte er und es klang nicht so, als
hätte er Lust, weiter darüber zu reden.

Ich hätte natürlich gerne gefragt, wie er es ge-
schafft hatte, dass sie ohne ihn in Urlaub gefahren
waren, aber ich traute mich nicht.

»Mein Onkel kommt ab und zu und kümmert sich
um den Garten«, fügte er hinzu. Er sah mich an.
»Warum nimmst du die Sonnenbrille nicht ab?«

»Weil wir gleich rausgehen in den Garten«, sagte ich schnell und überlegte, ob man sich mit Sonnenbrille küssen konnte. »Spielst du mir auf der Gitarre was vor?«

Ich saß auf der Hollywoodschaukel, Rudi hatte sich, satt und zufrieden schnurrend, neben mich gesetzt und putzte sich ein bisschen und David spielte Gitarre. Nur für mich! Es fehlte eigentlich nur noch der Sternenhimmel, aber dazu hätte ich meine Sonnenbrille endgültig absetzen müssen.

»Das war wunderschön«, sagte ich nach einer Weile, als er zu spielen aufhörte. »Du spielst auch manchmal nachts, stimmt's?«

»Stör ich dich damit? Tut mir Leid. Die letzten Nachbarn haben sich dauernd beschwert und mein Vater ...«

»Nein, im Gegenteil«, unterbrach ich ihn, »ich höre es wahnsinnig gern, wenn du Gitarre spielst. Das ist so, als ob du mir was sagen würdest.« Oder wie ein Liebesbrief, wollte ich hinzufügen, da hörte ich nebenan – also, bei mir zu Hause – das Telefon klingeln.

Wahrscheinlich hatte es irgendjemand auf der Terrasse liegen lassen. Nach dem siebten oder achten Klingeln hatte meine Mutter es endlich gefunden.

»Wie bitte?«, rief sie und dann fügte sie mit einer Lautstärke, als müsse sie Tausende von Kilometern überbrücken, hinzu: »Tut mir Leid, Tom, aber Henri ist im Moment nicht da.«

130

»Tom ist dein Freund?« Es klang wie eine Frage, war aber mehr eine Feststellung.

David hatte die Gitarre vor sich gestellt, wie eine Festung, dachte ich.

»Tom *war* mein Freund«, verbesserte ich. »Er hat sich wieder in Susan, eine ehemalige Austauschschülerin, verliebt.«

»Hast du mich gestern deshalb geküsst, weil du sauer auf ihn bist? Weil du wolltest, dass er es erfährt?«

»Nein, natürlich nicht!«, rief ich ganz entsetzt. »Ich hatte doch keine Ahnung, dass Evelyn Fotos macht! Nein, ich hab einfach irgendwann gemerkt, dass ich mich in dich verliebt habe.«

So, jetzt war es draußen.

David lächelte ein bisschen, während er den Anfang eines Liedes spielte.

»Ich hab mich sofort in dich verliebt, Barbie«, sagte er leise, als er sich wieder neben mich setzte und mich in den Arm nahm.

Dieses Mal nahm ich ihm den Namen nicht übel.

Minuten später hörte ich Tanjas Stimme nebenan. Sie würde auf mich warten, erklärte sie meiner Mutter, irgendwann würde ich ja bestimmt wieder nach Hause kommen.

»Pst«, machte ich, als David etwas sagen wollte. Dann musste ich leider zweimal niesen.

»Henriette? Bist du nebenan?«, rief Mama laut, die mich anscheinend am Niesen erkannt hatte, und

131

mir blieb nichts anderes übrig, als mich nach einem hastigen Kuss durch die Thujahecke zu zwängen.

»Huch, hast du mich erschreckt!«, rief Tanja, aber dann fasste sie sich schnell wieder und fiel mir um den Hals. »Henri, ich bin ja so glücklich! Stell dir vor, Tim nimmt auch Gesangsunterricht!«

»Tim?« Ich brauchte einen Moment, bis ich kapierte. »Ach so, Tim Sharer, der Schauspieler.«

»Genau! Ich hab ihn erst mal gar nicht richtig erkannt, als er da an der Musikschule so einfach an mir vorbeispazierte. Wie ein ganz normaler Mensch, stell dir vor. Lag vielleicht daran, dass er nicht geschminkt war. Dann hab ich aber gleich geschaltet, bin natürlich sofort hinter ihm her und hab mich vorgestellt.« Sie seufzte. »Und da hat er gemeint, er würde sich an mich erinnern. Ist das nicht wahnsinnig?«

»Ja«, sagte ich und hoffte für meine Freundin, dass er das nicht einfach so dahingesagt hatte.

»Übermorgen soll ich ins Studio kommen, wegen der Klamotten und so. Und dann werde ich auch gleich geschminkt und fotografiert.«

»Hat dir das alles Tim Sharer erzählt?«

»Nein, wo denkst du hin? Der hat wahnsinnig viel zu tun! Die Gesangslehrerin hat gesagt, dass er nur eine Stunde bei ihr genommen hat, um sich einzusingen. Vielleicht kann ich ja übermorgen bei den Proben länger mit ihm reden. Hoffentlich krieg ich meine neuen Kontaktlinsen bis dahin, sonst muss ich halbblind rumlaufen. Ach ja, und dann wollte ich dir noch was erzählen, was ziemlich merk-würdig ist.«

Sie hatte den letzten Satz betont nebensächlich gesagt, aber ich hatte den Eindruck, dass das, was sie mir nun erzählen wollte, der eigentliche Grund ihres Kommens war.

»Lass uns reingehen«, schlug ich vor, weil ich nicht wollte, dass David unser Gespräch mithörte.

»Wo ist denn Katrin?« Tanja sah sich suchend in meinem Zimmer um. »Hat sie sich mal wieder bei David versteckt?«

»Bei Robert. Aber jetzt erzähl bitte, was los ist.«

»Ich bin nach dem Gesangsunterricht noch kurz bei der Caberg vorbei. Die wohnt ja ganz in der Nähe von der Musikschule. Ich dachte, vielleicht kann ich ihr noch mal bei den Mails helfen und rauskriegen, ob die Bilder in Kalifornien angekommen sind.«

»Ich befürchte, das sind sie«, sagte ich und erzählte ihr, dass Tom während meiner Abwesenheit angerufen hatte.

»Und?«

Ich zuckte die Schultern. »Tanja, das mit Tom ist vorbei. Er hat Susan und ich bin in David verliebt. Weißt du, wenn er Gitarre spielt und mich anschaut, dann ... «

Sie nickte. »Ich kenn das«, seufzte sie. »Rat mal, wie es mir mit Tim geht! Wenn ich den bloß schon von weitem sehe!«

»Du wolltest irgendwas von der Caberg erzählen«,

erinnerte ich sie. »Du bist also in die Luisenstraße und ... «

»Die Caberg hat gerade versucht aus einer Parklücke rauszufahren, als ich kam. Ich verstehe nicht, wie man als Mathelehrerin so wenig Raumgefühl haben kann. Jedenfalls stand der Hausmeister daneben und hat sie rausdirigiert. Ich wollte was zu ihr sagen, aber sie meinte nur, mit dir und mir hätte sie noch ein Hühnchen zu rupfen und wir sollten uns auf einiges gefasst machen.«

»Wie bitte? Kapierst du, was sie meint? Schließlich sind Ferien, also haben wir keine Hausaufgaben abgeschrieben und bei keiner Klassenarbeit gemogelt. Irgendwie spinnt die Caberg doch, findest du nicht?«

Tanja rutschte unruhig auf meinem Schreibtischstuhl hin und her. »Ich weiß ja nicht genau, was los ist, weil die Caberg irgendwann mit Vollgas aus der Parklücke rausgeschossen kam und gleich weiterfuhr, ohne mich zu beachten. Ich hab den Hausmeister gefragt, warum sie so wütend ist, und der meinte, es sei irgendwas mit ihrem Sohn. Der würde vorzeitig aus Amerika zurückkommen oder so. Und sie sei deshalb total stocksauer!«

Dietmar würde

also vorzeitig aus Kalifornien zurückkommen. Vielleicht hat er ja Heimweh, vermutete ich, aber Tanja schüttelte den Kopf.

»Die Caberg hat so getan, als ob es irgendwas mit uns zu tun hat«, sagte sie langsam. »Kannst du dich noch an die E-Mail erinnern, die du geschrieben hast?«

Ich überlegte.

Ich hatte lediglich gefragt, wie es mit ihm und Susan lief. Und wie es Tom ging.

»Nein«, sagte ich, »ich hab wirklich nichts geschrieben, was Dietmar veranlassen müsste, ganz schnell nach Hause zu kommen.«

»Wir werden's ja sehen«, meinte meine Freundin schließlich. »Aus irgendwelchen Gründen bin ich nicht allzu wild darauf, es bald zu erfahren. So grimmig, wie die Caberg vorhin geguckt hat ... « Sie schüttelte sich leicht. »Übrigens, Anette hat mir vorhin aufgemacht und sie hatte fast denselben Gesichtsausdruck wie die Caberg.«

Ich lachte. »Sie hat sich endgültig von Robert getrennt, weil sie von Katrin erfahren hat, dass er verheiratet ist. Oder mal verheiratet war.«

»Robert war verheiratet?«

»Er leugnet es zwar, aber Anette ist stocksauer. Ist natürlich blöd, weil sie jetzt wieder zu Hause wohnen will. Mein Vater baut das Dachgeschoss aus und solange muss sie im Wohnzimmer schlafen und hat entsprechend schlechte Laune.«

»Alles geht irgendwann auseinander«, sagte Tanja und guckte dabei sehr philosophisch. »Aber dann entsteht auch wieder was Neues: zum Beispiel du und David, meine Mutter und ihr Kollege und ...«, sie schloss die Augen und lächelte glücklich, »vielleicht bald ich und Tim. Wer weiß.«

Tanja hatte die Einladung, zum Abendessen zu bleiben, abgelehnt, sie wollte früh schlafen gehen, um am nächsten Tag gut auszusehen.

»Meine Mutter sagt immer, der Schlaf vor Mitternacht ist der gesündeste«, sagte sie. »Ich kann morgen einfach kein Risiko eingehen. Morgen werden doch die Fotos gemacht«, fügte sie hinzu, als sie mein verständnisloses Gesicht sah.

Anette hatte gekocht, aber ich wollte nichts essen. Zu groß war die Gefahr, dass beim Abendessen die ganze Zeit über Robert und sein Verhalten geredet werden würde, oder – noch schlimmer – über die K-Frage, wie Paps es genannt hatte, die Kuss-Frage. Ich wollte von all dem im Moment einfach nichts hören und außerdem hatte ich Wichtigeres vor.

Aus dem Keller holte ich einen Umzugskarton, in den ich all das stopfen wollte, was mich mit Tom verband.

Leider stellte ich recht schnell fest, dass ich eigentlich mein ganzes Zimmer entsorgen müsste. Alles erinnerte mich an ihn und an die Zeit mit ihm: die karierte Decke, auf der wir unser erstes Picknick gemacht hatten, bei dem er mich fast geküsst hätte, die Einladung für den Märchenball, der uns zusammengeführt hatte ...

»Henriette, du musst doch nicht weinen«, sagte meine Mutter, die an der Tür stand.

Ich hatte sie gar nicht klopfen gehört und wandte mich erschrocken um. Im ersten Moment hätte ich mich am liebsten bei ihr ausgeheult, aber schließlich war ich kein Kind mehr.

Sie lächelte mir aufmunternd zu. »Aufräumen kannst du später noch«, sagte sie, »dazu hast du ein ganzes Leben lang Zeit.«

Erst eine Weile nachdem sie gegangen war, wurde mir klar, dass sie das nicht unbedingt im Hinblick auf das Chaos in meinem Zimmer gemeint hatte.

Ich schob den halb vollen Umzugskarton in eine Ecke, legte noch die Ansichtskarte mit dem Gänseblümchen hinein und öffnete das Fenster. Meine Eltern und Anette saßen im Garten und unterhielten sich halblaut. Es ging um Robert, so viel konnte ich verstehen. Ich schloss das Fenster wieder, legte mich auf mein Bett, kramte den Kunstband hervor und schlug die Seite mit dem Bild des unbekannten italienischen Meisters auf. Ich hatte den Eindruck, dass David mir ganz nahe war.

Irgendwann hörte ich ihn wieder Gitarre spielen. Ich lächelte und dann schlief ich ein.

Ich schreckte hoch. Irgendetwas hatte mich am Fuß gekitzelt. Nein, das war kein Traum, das war Katrin, die auf meinem Bett saß und mich interessiert musterte.

»Du schläfst aber ziemlich tief«, stellte sie fest.

»Wo kommst du denn her? Ich denke, du bist bei Robert! Was hast du denn für komische Flecken im Gesicht? Hast du dich mal wieder geschminkt?«

»Ph«, machte sie. »Ich hab Windpocken. Hoch ansteckend«, fügte sie stolz hinzu. »Hat der Kinderarzt gesagt. Meine Mama war nämlich mit mir beim Kinderarzt.«

»Ach so«, sagte ich beruhigt und ließ mich wieder in mein Bett sinken. Katrins blühende Phantasie! Garantiert hatte sie sich mit Wasserfarben im Gesicht rumgemalt und versuchte mich zu erschrecken. »Und jetzt lass mich weiterschlafen. Ich bin müde und außerdem sind Ferien.«

Wieder hörte ich Robert und dann eine Frauenstimme, die ich nicht kannte. Anke vielleicht? Sollte Robert seine Frau mitgebracht haben? Ich sprang aus dem Bett.

»Wo willst du denn hin?«, rief Katrin hinter mir her, aber da war ich schon fast an der Wohnzimmertür und staunte.

138

Anette und Robert saßen dicht nebeneinander auf dem Sofa und strahlten sich an. Bei näherem Hinschauen sah ich in Roberts Gesicht die gleichen merkwürdigen Flecken wie bei Katrin. Fast hätte ich gelacht bei der Vorstellung, wie Katrin ihn mit Wasserfarben verunstaltet hatte. Ich wollte etwas sagen, da entdeckte ich die Frau, die mit dem Rücken zu mir gesessen hatte und aufgestanden war.

»Nein«, sagte ich.

»Ich bin Bea«, sagte sie und streckte mir die Hand entgegen. »Katrins Mutter, Roberts Zwillingsschwester, wie du unschwer erkennst. Wenn er nicht gerade Windpocken hat, sehen wir uns ziemlich ähnlich.«

Robert lächelte etwas gequält, aber immerhin lächelte er.

Meine Schwester hielt seine Hand und sagte aufmunternd: »Nach drei Tagen sind sie wieder weg, garantiert. Außerdem ist es nur eine harmlose Kinderkrankheit und das bisschen Juckreiz ... «

»Eben«, murmelte Robert, »das bisschen Juckreiz.« Und dabei machte er ein Gesicht, als wollte er sich am ganzen Körper kratzen. »Vielleicht hab ich ja eine besonders gefährliche Form erwischt.«

»Hat Katrin wirklich Windpocken?«, fragte ich entsetzt. »Krieg ich das jetzt auch?«

Anette verdrehte die Augen. »Nun mach doch nicht gleich so ein Drama daraus! Nein, du kriegst sie nicht, weil du sie schon hattest. Du hast sie dir damals im Kindergarten geholt und die ganze Familie damit angesteckt. Also, reg dich nicht auf.«

Ich ließ mich erleichtert in den nächsten Sessel fallen. Einen Moment lang hatte ich schon das heftige Bedürfnis verspürt, mich am ganzen Körper zu kratzen.

»Du kannst mir dann gleich mal beim Packen helfen, Henri«, meinte Anette. »Du hast ja schließlich Ferien und nichts zu tun.«

»Ich hab ziemlich viel zu tun«, behauptete ich, lenkte dann aber doch ein. Meine Schwester schien wild entschlossen zu sein, wieder mit Robert zusammenzuziehen, und das wollte ich unbedingt unterstützen.

Aber eine Spitze musste ich noch loswerden. »Ich dachte, Robert sei verheiratet. Hast du nicht die ganze Zeit so was behauptet?«

Anette warf mir einen bösen Blick zu. »Daran habe ich eigentlich nie richtig geglaubt. Mir war immer klar, dass es sich nur um ein Missverständnis handeln konnte«, behauptete sie und Robert lächelte glücklich.

»Katrin hat da was missverstanden« erklärte er. »Bea hat mal … «

Seine Schwester lachte, als sie ihn unterbrach. »Ich hab mal irgendwann gesagt, dass Robert ja mit seiner Bank verheiratet ist, bei den vielen Überstunden, die er immer macht. Katrin konnte sich unter der Formulierung natürlich nichts vorstellen und war der Überzeugung, ich hätte damit irgendeine Anke gemeint.«

»Dabei kenne ich überhaupt keine Anke«, ergänzte Robert. »Ich war wirklich noch nie verheiratet ...«

»... aber vielleicht wirst du es bald sein«, flüsterte Anette so laut, dass es jeder hören musste.

Eine gute Stunde später war das Haus leer. Bea, die ihre Fortbildung extra wegen Katrins Windpocken und Roberts Beziehungsproblemen unterbrochen hatte, wollte am nächsten Abend mit Katrin nach Cuxhaven zurückfahren. Es gebe dort eine Kinderbetreuung, von der sie erst vor kurzem erfahren habe. Bis zur Rückfahrt wollte sie allerdings noch zwei Tage Kurzurlaub in unserer Stadt machen und mit Katrin zusammen einiges unternehmen.

»Und die Windpocken?«, fragte ich.

Sie lachte nur. »Die sind doch völlig harmlos. Katrin hat sie auch schon fast überstanden.«

Ich räumte zwei T-Shirts, die Anette vergessen hatte, in meinen Schrank und überlegte gerade, ob ich vielleicht bei David anrufen sollte, da klingelte das Telefon. Das musste Gedankenübertragung sein.

»Hallo«, meldete ich mich völlig atemlos, als ich das Mobilteil endlich in der Küche entdeckte. »Hallo!«

»Alles in Ordnung?«, fragte Tanja misstrauisch. »Du klingst so komisch. Hab ich dich geweckt?«

Ich lachte. »Nein, geweckt hat mich Katrin!«

Und dann erzählte ich meiner Freundin die ganze Geschichte von Roberts angeblicher Heirat. Sie lachte ebenfalls, bis ich zu den Windpocken kam.

141

»Wie bitte?«, rief sie schockiert. »Hab ich richtig gehört? Windpocken?«

»Ja«, sagte ich. »Ist aber eine völlig harmlose Kinderkrankheit. Man kriegt so komische Flecken im Gesicht, es juckt ein bisschen und dann ist es auch schon vorbei.«

»Warte mal einen Moment«, rief sie und schien den Hörer beiseite gelegt zu haben.

Minutenlang lauschte ich dem Fernsehquiz, das im Hintergrund lief, und überlegte bereits, ob meine Freundin mich vielleicht vergessen hatte, da hörte ich endlich wieder ihre Stimme.

»Das ist 'ne Katastrophe«, murmelte sie. »Eine echte Katastrophe! Stell dir vor, ich hab sie auch!«

»Wie bitte?«

»Ich hab auch Punkte im Gesicht, und das heute, verstehst du, heute soll ich doch um drei ins Filmstudio, damit dort Aufnahmen gemacht werden, und dann seh ich aus wie ein ... wie ein Streuselkuchen. Wahrscheinlich werden die Punkte noch größer und es juckt auch schon ganz furchtbar. Mensch, Henri, was soll ich denn machen? Die Karriere beim Film kann ich vergessen.« Sie heulte fast.

»Tanja, ich komm bei dir vorbei«, versprach ich. »Wir überlegen, was wir tun, ja? Vielleicht können wir die Windpocken einfach überschminken. Das kriegen wir schon hin, glaub mir!«

»Geht nicht«, erwiderte sie mit Grabesstimme. »Ich soll ungeschminkt kommen. Weil ich dort richtig professionell geschminkt werde. Durch eine

142

Stylistin oder so. Meine Mutter hat gesagt, davon würde sie schon seit Jahren träumen, und jetzt ... « Sie schniefte heftig. »Und das alles bloß, weil Katrin ... «

»Katrin kann nun wirklich nichts dafür«, verteidigte ich sie und ärgerte mich ein bisschen über meine Freundin.

»Ich muss jetzt Schluss machen und nachdenken«, sagte sie und hatte aufgelegt, bevor ich noch etwas sagen konnte.

Bitte, dann eben nicht, dachte ich, ich wollte ja nur helfen.

Vielleicht sollte ich mal bei David vorbeischauen und ihn aufklären, falls er auch plötzlich merkwürdige Punkte an sich entdeckte.

Ich klingelte mindestens fünfmal, aber niemand öffnete. Die Rollläden waren heruntergelassen, das ganze Haus wirkte wieder merkwürdig unbewohnt. Die Blumen im Vorgarten waren bestimmt schon seit Tagen nicht mehr gegossen worden. Hatte David nicht gesagt, dass sich sein Onkel um den Garten kümmern würde?

Ich war ein bisschen verunsichert, als ich in den ersten Stock hochging, um aus dem Arbeitszimmer meiner Eltern in den Nachbargarten zu schauen. Die Hollywoodschaukel und die Gartenmöbel standen noch genau so da wie am letzten Abend, nur – wo war David?

Beim dritten Versuch erreichte ich ihn über sein Handy.

143

»Hallo, David«, sagte ich, »wo bist du denn? Ich muss dir so viel erzählen!«

Seine Stimme klang merkwürdig verzerrt, als er meinte, im Moment sei es äußerst ungünstig, aber er würde sich melden. Bald, versprach er, und dann hatte er auch schon aufgelegt.

Ein bisschen enttäuscht war ich schon über seine Reaktion, aber ich tröstete mich damit, dass es Jungs gibt, die nicht so gern telefonieren wie Tanja und ich. Und David schien eindeutig zu diesen zu gehören.

Ich schlenderte durchs Haus, das an diesem Vormittag ganz allein mir gehörte, und langweilte mich ein kleines bisschen. Es waren Ferien, ich hätte gerne etwas unternommen, aber David schien keine Zeit zu haben und Tanja war damit beschäftigt, ihre Windpocken zu bekämpfen.

Im Garten entdeckte ich Rudi, der laut miauend auf mich zusteuerte, als er mich an der Terrassentür sah. Ich spielte eine Weile mit ihm, bis ihm langweilig wurde und er einem Schmetterling nachjagte, der von Blüte zu Blüte torkelte.

Ich beschloss, Tanja zu besuchen.

Simon öffnete.

Ich sah ihn erstaunt an. »Ich denke, du machst 'ne Umschulung? Hast du Urlaub?«

»So ähnlich kann man es auch nennen«, murmelte er. »Die Firma geht gerade Pleite und wir Umschüler sind die Ersten, die rausfliegen. Dabei hab ich wirklich Talent … Vielleicht mach ich mich selbstständig. Man wird sehen.«

»Tut mir Leid«, sagte ich.

Er versuchte zu grinsen. »Wenn du mal hörst, dass jemand 'nen guten Maler oder Lackierer sucht, einen, der kreativ ist und die Wände nicht einfach nur weiß anpinselt, dann kannst du ja an mich denken.« Er griff in die Brusttasche seines Hemdes und holte eine Visitenkarte heraus. »Hier. Für alle Fälle!«

»Bei uns geht eben alles schief«, sagte Tanja, die gerade aus dem Badezimmer kam. »Simon hat keinen Job mehr, meine Filmkarriere ist zu Ende, bevor sie überhaupt angefangen hat, und vorhin hat die Caberg angerufen!«

»Was will die denn?«

Tanja zuckte die Schultern. Sie hatte ihr Gesicht mit einer weißen Paste eingeschmiert und konnte kaum reden. »Keine Ahnung. Simon war dran. Sie hat ausrichten lassen, dass wir uns sofort melden sollen. Sie war wohl auf hundert.«

»Ich denke, wir sollten ihr Zeit geben, sich abzuregen«, sagte ich. »Was meinst du? Oder hast du Lust, jetzt bei der Caberg anzurufen?«

»Nein, natürlich nicht. Ich will bloß die verdammten Windpocken so schnell wie möglich aus meinem Gesicht kriegen«, schimpfte sie.

Schuldbewusst nickte ich. Direkt konnte ich nun wirklich nichts dafür, aber indirekt hatte sie die Kinderkrankheit über mich bekommen. Wenn sie sich nicht so um Katrin gekümmert hätte …

»Angeblich soll Quark helfen.« Sie deutete mit spitzen Fingern auf die Masse in ihrem Gesicht, die langsam zu bröseln begann. »Wenn bloß dieser grauenhafte Juckreiz nicht wäre.«

»Hilft es dir, wenn ich heute Nachmittag mit zum Filmstudio komme?«, fragte ich vorsichtig.

»Würdest du das wirklich tun? Trotz der Hitze? Trotz David?«

Ich nickte entschlossen.

Lediglich die bröckelnde Quarkmasse in ihrem Gesicht hielt Tanja davon ab, mir um den Hals zu fallen.

»Du bist wirklich die allerbeste Freundin«, sagte sie zufrieden. »Übrigens soll ich dich von David grüßen.«

Ich guckte wahrscheinlich nicht sehr intelligent, denn sie meinte, sie würde sich den Quark im Badezimmer jetzt abwaschen und mir dann alles erzählen.

Tanja hatte ein knallrot glänzendes Gesicht, als sie kurz darauf aus dem Bad kam. Ich hatte die Windpocken, soweit ich mich an die von Katrin und Robert erinnern konnte, eigentlich ganz anders in Erinnerung, aber weil meine Freundin schon genug litt, sagte ich lieber nichts. Sie presste beide Hände gegen die Wangen, stöhnte kurz auf und setzte sich dann mir gegenüber.

»Und?«, fragte sie erwartungsvoll.

Ich sah sie erstaunt an. »Ich dachte, du wolltest

mir was erzählen. Von David«, erinnerte ich sie. »War er hier oder hat er angerufen?«

»Ach, das meinst du«, murmelte sie. »Ich wollte eigentlich wissen, wie du mein Windpockengesicht findest. Meinst du, ich krieg vielleicht in einer anderen Produktion die Rolle als Zombie?« Sie verdrehte die Augen und riss den Mund halb auf. Tanja hatte Talent, das war eindeutig.

»Klar«, sagte ich. »Tanja, du kriegst deine Rolle! Bis heute Nachmittag siehst du wieder ganz normal aus und wenn wir dazu ein paar Kilo Abdeckpuder benötigen. Aber jetzt will ich endlich wissen, was mit David ist.«

»Er hat mich angerufen. Er hat es wohl ein paarmal bei dir probiert, aber er konnte dich nicht erreichen«, sagte sie und rieb an einer besonders roten Stelle am Kinn herum. »Er hat mich gebeten, dass ich dir was ausrichte. Es war ihm so wichtig, dass ich es mir wörtlich aufgeschrieben habe.«

»Und?«

»Irgendwo ist der Zettel«, sagte Tanja und starrte auf das Chaos, das sich auf Bett und Schreibtisch ausgebreitet hatte. Alte Schulhefte, Schulbücher aus dem letzten Jahr, Klamotten ... und dort irgendwo dazwischen lag eine wichtige Nachricht von David.

»Vielleicht kannst du dich ja auch so erinnern, was er gesagt hat«, schlug ich nach minutenlanger ergebnisloser Suche vor.

Tanja starrte mich an. »Es ist ganz blöd, aber ich weiß wirklich nicht mehr genau, was er gesagt hat. Ir-

147

gendwas, dass du dir keine Sorgen machen sollst und er sei bald zurück.«

»Was heißt ›zurück‹?«, fragte ich nach. »Tanja, versuch dich bitte zu erinnern. Was hat er gesagt? Ist er irgendwo hingefahren? Hat er davon was gesagt?«

Aber je mehr ich fragte, desto weniger fiel ihr ein. Die Windpocken würden ihr Denkvermögen beeinträchtigen, meinte sie schließlich. Seit mindestens drei Minuten hatte sie sich nicht mehr im Gesicht gekratzt und ich sah das als gutes Zeichen an. Wenn wir Glück hatten, würde sie nachmittags vielleicht schon das Schlimmste überwunden haben.

Aber was war mit David?

Hektisch versuchte ich ihn über Handy zu erreichen, aber inzwischen meldete sich nicht mal mehr die Mailbox. Mir würde nichts anderes übrig bleiben: Ich musste warten, bis er sich meldete.

»Wie klang denn seine Stimme?«, wagte ich einen letzten Versuch. »Ich meine, war er fröhlich oder eher ärgerlich oder traurig? Kannst du dich daran erinnern?«

»Fröhlich klang er auf gar keinen Fall«, sagte sie entschieden. »Ich glaube, eher traurig oder vielleicht auch genervt, ich weiß es nicht so genau.«

Wir hörten, wie die Wohnungstür aufgeschlossen wurde und Frau Ostertag und Simon sich in der Diele unterhielten.

»Na, dann sag ich's mal meiner Mutter«, seufzte Tanja und stand auf. »Sie war so stolz auf mich, weil ich die Rolle gekriegt habe, und jetzt das!«

148

»Bis heute Nachmittag kriegen wir das doch in den Griff«, versuchte ich ihr Mut zu machen, aber als ich sah, dass sie sich schon wieder total hektisch am Kinn rumkratzte, war ich lieber ruhig.

Tanjas Mutter klopfte kurz, dann stand sie im Zimmer.

»Ach, Mama, es ist so traurig«, schluchzte meine Freundin, »ich hab mich so gefreut und jetzt muss ich ausgerechnet Windpocken kriegen! Eine Kinderkrankheit.«

Frau Ostertag schüttelte den Kopf. »Du hattest die Windpocken doch damals, als Papa ausgezogen ist! Kannst du dich nicht mehr erinnern? Du warst in der ersten Klasse und wir wollten an diesem Wochenende eigentlich zu Oma und Opa fahren.«

Ich starrte sie an. »Dann hat Tanja ja gar keine Windpocken! Man kann sie nämlich nur einmal im Leben kriegen.«

Tanjas Mutter nickte. »Natürlich. Was dachtet ihr denn?«

Das Gesicht meiner Freundin hatte inzwischen wieder einen einigermaßen normalen Farbton angenommen und sie verspürte auch keinen Juckreiz mehr.

»Das war alles nur Einbildung, hab ich mir doch gleich gedacht«, behauptete Simon.

Man sah ihm an, wie erleichtert er war, und er versprach, von einem Freund ein Auto zu besorgen, mit dem er uns zum Filmstudio fahren würde.

»Wenn schon jemand aus unserer Familie Karriere macht«, sagte er und Frau Ostertag nickte heftig.

Kurz vor halb fünf hupte Simon.

»Na, das ist aber ein Auto«, staunte Frau Ostertag, als sie das riesige silbergraue Gefährt am Straßenrand entdeckte, und auch Tanja pfiff anerkennend.

Simon hatte, so erzählte er auf der Fahrt zum Filmstudio, einem Autohändler in der Nähe gratis den Verkaufsraum umdekoriert. Daraufhin hatte der ihm bereitwillig das Auto geliehen.

»Bis neun Uhr kann ich es haben. Ich hoffe, wir sind bis dahin fertig«, meinte er mit einem Seitenblick auf Tanja. »Oder erwartest du gleich noch die Presse und die Tagesschau und so?«

Tanja tippte sich leicht an die Stirn. Seitdem klar war, dass sie keine Windpocken hatte, war sie wieder allerbester Laune.

»Muss ich hier schon abbiegen oder erst an der nächsten Kreuzung?«, fragte Simon. »Los, Mädels, ihr kennt euch doch aus! Ihr seid doch dauernd hier.«

»Da vorne kommen wir in eine Einbahnstraße rein und müssen dann ziemlich weit zurückfahren«, sagte Tanja.

Ich schüttelte den Kopf. »Umgekehrt! Die Einbahnstraße ist hier. Du musst weiterfahren, Simon, ich bin mir ganz sicher.«

Vorsichtshalber drehte ich mich nochmals um und entdeckte das klapprige Auto auf der Gegenfahrbahn, das langsam auf die Ampel zurollte.

In dem Auto saß Dietmar Caberg!

Ganz deutlich

hatte ich die Caberg und auf dem Beifahrersitz Dietmar erkannt. Im ersten Moment wollte ich Tanja auf die beiden aufmerksam machen, aber ich ließ es dann doch lieber. Meine Freundin war aufgeregt genug, da musste ich nicht noch mit der Caberg und dem Hühnchen, das sie angeblich mit uns zu rupfen hatte, ankommen.

»Ich fürchte, ich krieg keinen Ton raus«, murmelte sie. »Das ist schlimmer als zwei Mathearbeiten auf einmal.«

»Mathe ist nicht dein Ding, aber Schauspielern, das liegt dir«, versuchte ich sie aufzubauen. »Du musst an dich glauben, Tanja. Das machen alle Stars. Auch Tim Sharer glaubt an sich.«

Frau Ostertag warf mir einen dankbaren Blick zu. Seit mindestens zehn Minuten kaute sie total nervös auf einem Kaugummi herum.

Ich überlegte gerade, ob es wirklich eine gute Idee war, wenn wir alle zu den Fotoaufnahmen mitgingen, da stieß Tanja einen Schrei aus.

Sie zeigte auf den Radfahrer, der mit kurzer Hose

und verwaschenem grauen T-Shirt am Straßenrand stand und gerade aus seiner Wasserflasche trank.

»Das ist Tim! Ich werd wahnsinnig. Er kommt da einfach angeradelt, obwohl er ein richtiger Star ist.« Sie biss auf einem ihrer frisch lackierten Fingernägel herum. Dann legte sie die Arme auf die vordere Lehne und bat Simon, kurz anzuhalten.

»Was ist denn jetzt schon wieder?«, schimpfte er. »Ich fahr bis zum Haupteingang, halt dir die Tür auf und wenn du willst, bring ich dich noch rein. Und beim Abholen das Ganze noch mal in umgekehrter Reihenfolge. Ich hab schließlich den Butler-Lehrgang nicht umsonst gemacht.«

Frau Ostertag nickte heftig und meinte, sie habe extra einen Fotoapparat mitgenommen, um einige Erinnerungsfotos zu schießen.

»Nein!«, rief Tanja.

Ich sah meine Freundin erstaunt an. Sie hatte plötzlich wieder ein ziemlich rotes Gesicht und einen Moment lang befürchtete ich, dass sie vielleicht doch die Windpocken hatte, aber sie lachte, als sie meinen Blick sah.

»Es passt einfach nicht, wenn ich in diesem Auto vorfahre. Stellt euch mal vor, Tim Sharer – er ist ja der Star – kommt mit dem Rad und ich mit diesem Rolls oder was auch immer das ist.«

Simon stellte den Motor ab. Er wirkte ein bisschen beleidigt, sagte aber kein Wort.

Frau Ostertag zuckte bedauernd die Schultern. »Du meinst, das macht einen schlechten Ein-

druck?«, fragte sie und legte mit einem leisen Seufzer die Kamera in die Mittelkonsole.

Tanja nickte. Sie war inzwischen ganz ruhig geworden. »Ich hab ja nur 'ne kleine Rolle. Ich bin ja nur
so 'ne Art Statistin«, sagte sie, als sie ausstieg. »Aber
danke fürs Herfahren.«

Sie ging die Straße entlang und als Simon das
Auto wendete, sah ich noch, wie Tim Sharer auf seinem Fahrrad direkt neben ihr stoppte.

Frau Ostertag hatte es auch gesehen und schmun-
zelte. »Unsere Tanja hat sich schon was dabei gedacht, dass sie nicht mit diesem großen Auto vorfah-
ren wollte«, sagte sie und ihre Stimme klang
ziemlich zufrieden.

Simon schlug vor, mit dem Auto, das er ja noch ein
paar Stunden nutzen könne, eine kleine Spazier-
fahrt zu machen. Seine Mutter nickte begeistert.

»Ich hab noch einiges zu erledigen«, sagte ich
und bat Simon, mich an der nächsten Haltestelle
rauszulassen.

Ich war froh, als er endlich hielt, denn die ganze
Zeit über hatte mein Handy keinen Empfang gehabt. Probeweise rief ich bei David an, aber wieder
erreichte ich nur die Mailbox.

Er würde sich melden, hatte er zu Tanja gesagt,
und ich solle mir keine Sorgen machen. Nun gut, beschloss ich, ich würde mein Möglichstes tun und einfach nach Hause fahren und auf seinen Anruf warten.

154

Im Haus nebenan schien sich nichts verändert zu haben, die Rollläden waren immer noch unten und auf mein Läuten reagierte auch niemand.

Ich schloss unsere Haustür auf und hörte Stimmen im Wohnzimmer. Mama und Paps waren da und außerdem – ich musste mich am Treppengeländer festhalten. Aber nur einen Moment lang, dann stürmte ich die Treppe hinauf.

»Hallo, David!«, rief ich und nur die Erinnerung an den Fetenabend vor zwei Tagen hinderte mich daran, ihn zu küssen. Stattdessen ließ ich mich neben ihn auf das Sofa fallen.

»Wir warten schon eine ganze Weile auf dich, Henriette«, sagte meine Mutter und schenkte mir ein Glas Wasser ein. »Über Handy warst du nicht zu erreichen.«

»Ich hatte keine Verbindung«, erklärte ich, nachdem ich das Wasser hastig hinuntergestürzt hatte.

Was hatte es zu bedeuten, dass David hier bei uns im Wohnzimmer saß? Alle wirkten so ernst, als sei irgendwas Schreckliches passiert.

»Kann mir mal jemand sagen, was los ist?«, fragte ich.

Meine Mutter lächelte. Sie zeigte auf Rudi, der sich auf einem unserer Gartenstühle zusammengerollt hatte und schlief.

»David hat uns Rudi vermacht«, meinte sie. »Genauer gesagt hat er ihn dir vermacht.«

Ich sah David an. »Was heißt ›vermacht‹? Willst du ihn nicht mehr? Was ist denn passiert?«

155

Meine Eltern sahen sich an. Dann stand Paps auf.
»Ihr müsst uns entschuldigen«, murmelte er,
»aber wir haben noch einiges zu tun. Ein Umzug ist
ganz schön viel Arbeit, David, so viel kann ich dir
schon mal verraten.«

Ich sah David an. »Sag mir jetzt bitte … «

Er legte den Arm um mich, zog mich an sich und
meinte: »Lass es dir erklären. Bitte!«

Davids Eltern, so erfuhr ich, waren beide Elektro-
ingenieure und seit einiger Zeit arbeitslos. Vor kurzem hatten sie sich schließlich in Frankreich beworben, was ziemlich nahe liegend war, weil sein Vater
Franzose war.

»Und jetzt haben beide einen Job bekommen. In
einem großen Unternehmen in Lyon.« Er lächelte.
»Wäre ja eigentlich alles ganz erfreulich. Wenn ich
nicht dich kennen gelernt hätte.«

Ich sah ihn an und dann kapierte ich.

»Du gehst auch nach Frankreich? Es ist vorbei?«

Meine Stimme klang rau, als ich das sagte. Alle
meine Wünsche, alle meine Träume …

»Es ist vorbei?«, fragte ich noch mal und dann begann ich zu weinen.

Nach kurzem Zögern nickte er. »Es ist vorbei, bevor es richtig angefangen hat«, meinte er und seine
Stimme klang so traurig, dass ich einen Moment
lang den Eindruck hatte, dass ihm auch zum Heulen
zumute war.

»Du musst nicht weinen, Barbie«, sagte er und
küsste mich. »Du bist meine große Sommerliebe. Ich

werde diesen Sommer nie vergessen.« Er nahm mich in den Arm und küsste mich wieder.

»Ich hab so gehofft, dass meine Eltern hier in Deutschland Arbeit finden«, sagte er nach einer Weile. »Und ich hab ihnen von dir erzählt und meinen Onkel gefragt, ob ich nicht die nächsten zwei Jahre bei ihm wohnen kann, aber ...« Er schüttelte den Kopf und versuchte zu lächeln. »Am liebsten würde ich sagen: Wir schreiben uns, wir telefonieren, wir mailen, wir sehen uns in den Ferien – aber ich habe Angst, dass unsere Liebe so viel Trennung noch nicht aushält. Deshalb will ich dich einfach als meine große Sommerliebe in Erinnerung behalten.«

Kurz vor halb neun hörte ich die Türklingel.

Ich lag im Wohnzimmer auf dem Sofa, Rudi hatte sich an mich gekuschelt.

Meine Mutter hatte mir trotz der Hitze eine warme Milch gemacht. »Die beruhigt«, hatte sie gemeint und mich in den Arm genommen.

Paps hatte David zum Bahnhof gefahren. Er würde den Nachtzug nach Lyon nehmen.

In den nächsten Tagen, so erzählte mir Mama, würde eine Umzugsfirma kommen und das Nachbarhaus leer räumen. Ich spürte, dass sie irgendwas sagen wollte wie »Die Zeit heilt alle Wunden«, aber sie verkniff es sich.

Ich holte den Bildband *Italienische Kunst des 16. Jahrhunderts* aus dem Bücherregal und legte ihn aufgeschlagen unter meinen Kopf. Dann schlief ich ein und wachte erst wieder vom Klingeln auf.

»Ich befürchte, Henri ist ein bisschen angeschlagen«, hörte ich meine Mutter im Flur und dann Tanjas Stimme, die sich besorgt erkundigte, ob ich jetzt die Windpocken hätte.

Ich stand auf und öffnete die Wohnzimmertür. Wie lange hatte ich eigentlich geschlafen?

Einen Moment lang hatte ich Schwierigkeiten, mich zurechtzufinden, aber dann entdeckte ich Rudi, dem es auf dem Sofa wahrscheinlich zu langweilig geworden war und der jetzt an der Terrassentür saß und sehnsüchtig nach draußen blickte, und mir fiel alles wieder ein. Schade, es war kein Traum gewesen, den man schnell wieder vergessen konnte! David zog nach Lyon und vielleicht würde ich ihn nie wieder sehen. Wahrscheinlich, verbesserte ich mich, als ich Rudi die Tür in den Garten öffnete.

»Aber du kommst wieder, ja?«, rief ich ihm nach, als er in der Hecke verschwand.

»Ich hab schon alles von deiner Mutter gehört«, meinte Tanja und sah mich mit bekümmerter Miene an. »Das tut mir so Leid ... ach, Henri, es ist alles so traurig.«

»Tanja, weißt du, es ändert leider überhaupt nichts, wenn ich die nächsten Jahre todunglücklich bin. Das bringt David auch nicht zurück.«

Sie nickte. »Stimmt schon«, meinte sie, »aber ... «

»Ich hab David versprochen, dass ich ihn nie vergessen werde«, sagte ich leise. »Das ist das Einzige,
was zählt. Weißt du, er ist meine Sommerliebe.«

Ich stand auf, nahm den Bildband, der immer
noch auf dem Sofa lag, und betrachtete zum letzten
Mal das Bild des unbekannten italienischen Malers.
Dann klappte ich das Buch entschlossen zu und
stellte es zurück ins Regal.

In dem Moment stürmten Anette und Robert zur
Tür rein, um die beiden T-Shirts zu holen, die meine
Schwester vergessen hatte.

»Wir rufen schon seit einer halben Stunde bei
euch an, aber niemand geht ans Telefon«, beschwerte sich Anette. »Henri hätte mir die Sachen
morgen vorbeibringen können. Im Gegensatz zu
mir hat sie nämlich Ferien und weiß mit ihrer Zeit
garantiert nichts anzufangen.«

»Pst«, machte meine Mutter. Sie deutete unauffällig in meine Richtung und machte Anette Zeichen.

Die kapierte natürlich überhaupt nichts und
motzte einfach weiter.

»Unsere Nachbarn ziehen aus«, wurde Paps etwas
deutlicher. »David geht mit seinen Eltern nach
Frankreich. Nach Lyon.«

Meine Schwester runzelte die Stirn. Dann sah sie
Robert an. »Sag mal, Robert, wäre das Haus nicht
was für uns? Auf die Dauer in deiner kleinen Zwei-
Zimmer-Wohnung, das kann einfach nicht gut gehen. Wir treten uns da ja ständig auf die Füße.«

Anette und Robert als Nachbarn? In dem Haus, in

dem David nur für mich Gitarre gespielt hatte? In dem Garten, in dem wir uns geküsst hatten?

»Soviel ich weiß, ist das Haus bereits weg«, sagte ich und wischte mir die letzten Tränenspuren aus dem Gesicht.

»Ja«, meinte Paps. Ich hatte den Eindruck, dass ihm der Gedanke, Anette und Robert in direkter Nachbarschaft zu haben, auch nicht so ganz recht war.

Robert nickte und meinte, so ein großes Haus mache doch eigentlich nur Arbeit und bislang seien sie in der Wohnung gut zurechtgekommen. Er wollte noch etwas hinzufügen, aber in dem Moment flackerte das Licht und ging dann ganz aus.

»Stromausfall«, stellte er fachmännisch fest. »Garantiert hat irgendwo der Blitz eingeschlagen und jetzt ist das ganze Viertel ohne Licht. Na, das kann dauern. Letzten Monat hatten wir bei uns in der Straße das Gleiche und ...«

Ich ließ ihn reden. Tanja hatte die Terrassentür geöffnet, Rudi huschte herein und zu dritt gingen wir hoch in mein Zimmer, wo ich die Kerzen, die noch von Weihnachten übrig waren, anzündete.

»Sieh mal, dahinten«, meine Freundin stand am Fenster und presste das Gesicht an das Glas, »da ist es total schwarz. Meinst du, das gibt ein Unwetter?«

»Du kannst bei mir übernachten«, beruhigte ich sie. »Ruf einfach zu Hause an, damit sich deine Mutter keine Sorgen macht. Und dann erzähl endlich, wie es heute Nachmittag im Filmstudio war.«

Natürlich funktionierte durch den Stromausfall das Festnetz nicht, aber über Handy erreichte sie schließlich ihren Bruder.

»Die Caberg hat schon wieder angerufen«, erzählte sie mir. »Sie hat wohl versucht, dich zu erreichen, aber das hat natürlich nicht geklappt. Sei froh, dass ihr Stromausfall habt.« Sie lachte. »Vielleicht könnte man mal bei der Stadtverwaltung anrufen und bitten, dass die Stromleitung die nächsten Wochen bis zum Schulbeginn nicht repariert wird. Das würde uns wahrscheinlich erheblichen Ärger ersparen.«

Sie griff in ihre Umhängetasche und beförderte eine Reihe Hochglanzfotos zu Tage.

»Du kriegst das erste Autogramm von mir«, sagte sie dann und schrieb schwungvoll *Tanja Ostertag* quer über das Schwarz-Weiß-Foto, das eine lachende Tanja zeigte.

»Ich rahm es ein«, versprach ich ihr und überlegte, ob man nicht David auch eins schicken sollte.

»Hast du seine Adresse?«, wollte sie wissen, als ich ihr den Vorschlag machte.

»Nein, hab ich nicht, aber es dürfte wohl nicht so schwer sein, sie rauszufinden. Wenn die Möbelpacker kommen, frag ich einfach mal, wo die ganzen Sachen hingehen, und dann schick ich ihm ein Päckchen mit deinem Autogramm.«

Tanja sah mich zögernd an. »Meinst du, das ist klug?«

Ich presste mein Gesicht an die Scheibe. Im Halbdunkel konnte ich die weiße Gartenbank am Ende des Gartens erkennen. Dort hatte ich gesessen und ... Ich drehte mich entschlossen um.

»Nein«, sagte ich. »Du hast Recht. Er war meine Sommerliebe. Nicht mehr und nicht weniger. Und jetzt lass endlich die anderen Fotos sehen und erzähl von dir und von Tim Sharer.«

In dieser Nacht schlief ich tief und traumlos. Lediglich einmal glaubte ich Gitarrenklänge zu hören, aber als ich mich aufsetzte und angestrengt lauschte, waren nur Tanjas tiefe Atemzüge zu hören und das leise Schnurren von Rudi, der sich an das Fußende meines Bettes gelegt hatte. Ich dachte noch einen Moment lang an David und dann war ich wieder eingeschlafen.

Meine Eltern hatten den Frühstückstisch für uns gedeckt. In der Mitte stand immer noch der Blumenstrauß, den Katrin im Garten nebenan gepflückt hatte. Ich musste lächeln. Er kam mir vor wie ein Gegenstand aus einer Traumwelt.

»Tanja, kommst du? Der Kakao ist fertig!«, rief ich nach oben. Dann entdeckte ich den Zettel neben dem Brötchenkorb.

Frau Doktor Caberg hat angerufen, hatte Paps mit Rotstift notiert. *Wünscht Rückruf!* **Sofort!** Darunter, in der Handschrift meiner Mutter: *Zweiter Anruf 7.13 Uhr. Es sei* **dringend**.

Ich sah auf die Uhr. 10.23 Uhr. Komisch, dass die Caberg es zwischenzeitlich aufgegeben hatte, mich zu erreichen.

Tanja schenkte sich gähnend einen Becher Kakao ein. »Und?«

»Wir sollen die Caberg anrufen. Es scheint immer noch sehr dringend zu sein«, sagte ich.

Ich ging zum Telefon und nahm den Hörer ab. Die Leitung war eindeutig tot. Stromausfall konnte es wohl nicht sein, denn sonst hätte ich die Milch für den Kakao nicht warm machen können, schlussfolgerte ich messerscharf. Dann kapierte ich. Meine Eltern hatten einfach die Telefonanlage ausgestöpselt, sodass wir von weiteren Anrufen verschont geblieben waren und ausschlafen konnten.

»Ganz schön clever«, meinte meine Freundin und nickte anerkennend, während sie sich ein Hörnchen schmierte, »das muss ich mir merken, falls mir mal die Presse auf den Geist geht wegen Interviews oder so.«

Nach dem dritten Brötchen entschieden wir uns, wieder Kontakt zur Außenwelt aufzunehmen. Zu groß war die Gefahr, dass ansonsten irgendwann Frau Doktor Caberg persönlich bei uns auftauchen würde.

Ich hatte das Telefon kaum angeschlossen, da klingelte es schon.

Am Apparat eine ziemlich genervte Frau Doktor Caberg, die uns ultimativ aufforderte, innerhalb der nächsten halben Stunde bei ihr vorbeizukommen oder ...

»Ja, wir kommen sofort«, versprach ich. Die Alternative wollte ich lieber gar nicht wissen. Angenehm war sie garantiert nicht, so wie die Caberg geklungen hatte.

»Soll ich ihr ein Autogramm mitbringen?«, fragte Tanja, als wir unten vor dem Haus unsere Räder aufschlossen. »Vielleicht kann sie ja irgendwann mal damit angeben und sagen: Das war eine Schülerin von mir. Ich hatte sie in Mathe.«

Ich schüttelte bloß den Kopf. Dann erzählte ich ihr, dass ich auf der Fahrt zum Filmstudio Dietmar gesehen hatte, im Auto seiner Mutter.

»Also ist er wieder zu Hause«, stellte Tanja fest. »Dann kannst du ihn ja gleich mal nach Tom fragen. Ich meine, natürlich nur, wenn dich das irgendwie interessieren sollte, wie das mit ihm und Susan so ist.«

Ich zog es vor, diesen Satz einfach zu überhören.

Wir fuhren gerade los, da hörte ich oben das Telefon klingeln. Tanja sah mich fragend an, aber ich schüttelte den Kopf. Eigentlich erwartete ich keinen Anruf, für den es sich lohnen würde, nochmals hochzugehen.

In der Nacht schien es heftig geregnet zu haben, denn auf der Zufahrt zu unserer Straße waren tiefe Pfützen zu sehen. Aber es würde wieder ein schöner Sommertag werden – Schwimmbadwetter.

Als wir unsere Fahrräder in der Luisenstraße abstellten, war mir doch etwas mulmig zumute. Was konnte so wichtig sein, dass die Caberg in aller Frühe bei uns anrief?

Ich sah meine Freundin an, der es wohl ähnlich

ging. Sie hatte den Finger bereits auf der Klingel, zögerte aber noch einen Moment.

»Drei – zwei – eins – null«, sagte ich.

Die Wohnung der Caberg sah nicht so aus, als ob sie Besuch erwartete. Dietmar musste Unmengen an Klamotten mit nach Kalifornien genommen haben, die jetzt mehr oder weniger verstreut in der Diele herumlagen. Ich entdeckte in dem Durcheinander sogar eine Wollmütze – und das im August!

Frau Doktor Caberg hatte uns im roten Frottee-Jogginganzug mit einem knappen »Na endlich« begrüßt und schob uns ins Wohnzimmer, wo wir uns nach ihrer Anweisung aufs Sofa setzten.

Wir guckten ziemlich erwartungsvoll, aber die Caberg verzog keine Miene.

»Dietmar kommt gleich«, meinte sie schließlich und rief laut in den Flur: »Jetzt beeil dich mal, die beiden sind da!«

Einige Minuten lang herrschte ungemütliches Schweigen, bis schließlich die Tür aufging und Dietmar mit ziemlich verschlafenem Gesichtsausdruck dastand. Er verkniff sich ein Gähnen, begrüßte uns kurz und ließ sich dann in den Sessel neben dem Sofa sinken. Ich hatte den Eindruck, dass er jeden Moment einschlafen würde.

»Jetlag«, erklärte die Caberg. »Dietmars innere Uhr hat sich noch nicht umgestellt.«

Er grinste ein bisschen und schob sich eines der vielen Kissen zurecht.

165

»So, dann können wir anfangen«, meinte unsere Mathelehrerin. Ich hatte das Gefühl, in der Schule zu sitzen. Die Caberg war aufgestanden und lief mit einer Kaffeetasse in der Hand nervös hin und her. »Wir wollen jetzt erst mal klären, wie es überhaupt zu den ganzen Verwicklungen kommen konnte.«

Tanja und ich starrten sie ratlos an, während Dietmar bloß die Augenbrauen hochzog. Garantiert hat er das Ganze schon mal gehört, denn er meinte, ausschlaggebend sei ja wohl die Mail gewesen, in der seine Mutter nach Susan gefragt habe und wie es Tom ginge.

»Das kann uns vielleicht die liebe Henriette erklären«, unterbrach ihn seine Mutter und wedelte mit einem Blatt.

Garantiert hatte Dietmar die Mail ausdrucken müssen. Leugnen war also zwecklos.

»Ja«, sagte ich langsam und fügte ziemlich kleinlaut hinzu: »Ich hab gedacht, die Frage ist auch in Ihrem Sinn.«

Sie lachte. »Natürlich war das in meinem Sinn, da hast du ganz Recht. Ich hab Dietmar tausendmal gesagt, dass er eigentlich noch viel zu jung für eine Beziehung ist, aber er wollte ja nicht auf mich hören.«

»Dann ist doch alles in Ordnung«, mischte sich Tanja ein, die bis jetzt ziemlich schweigsam neben mir gesessen hatte. »Dietmar war schön brav und durch Henris Fragen haben Sie das auch erfahren. Ich versteh gar nicht, warum wir hier rumsitzen müssen.«

»Weil das alles gar nicht stimmt«, sagte die Caberg und sah Dietmar an. »So, jetzt bist du dran. Und dieses Mal bitte die Wahrheit.«

Dietmar hatte die Arme hinter dem Kopf verschränkt. Er war zwar nur einige Tage von zu Hause weg gewesen, aber in diesem Moment hatte ich den Eindruck, dass er älter geworden war.

»Tja, ihr habt ja gehört, was meine Mutter gesagt hat«, sagte er. »Sie hatte ziemliche Befürchtungen, dass es mit Susan was Festeres werden könnte.« Er wandte sich an mich und grinste: »Logischerweise konnte ich nicht ahnen, dass du für meine Mutter die Mail geschrieben hast. Ich konnte ihr unmöglich schreiben, dass wir immer noch total verliebt sind … «

»Aber ich denke, Tom und Susan … «, unterbrach ich ihn verwirrt.

»Nein, natürlich nicht. Zwischen Tom und Susan war nichts. Das habe ich nur geschrieben, damit meine Mutter beruhigt ist.«

»Zwischen Tom und Susan war nichts«, wiederholte ich tonlos.

»Ach du liebes bisschen«, sagte Tanja und sah Dietmar fassungslos an.

Er rutschte unruhig hin und her. Auch die Caberg hatte ihre Wanderung durchs Wohnzimmer wieder aufgenommen.

»Susan und ich waren die ganze Zeit zusammen. Und Tom musste eben allein klarkommen. Natürlich wusste er, dass ich meiner Mutter nicht die ganze Wahrheit gemailt hatte … «

»Dass du mich beschwindelt hast«, warf die Caberg ein. »Wir wollen doch jetzt mal bei der Wahrheit bleiben.«

»Dass ich dich beschwindelt habe«, wiederholte er. »Wir haben uns dabei eigentlich überhaupt nichts gedacht und es hätte auch gar keine weiteren Folgen gehabt, wenn Viola nicht irgendwann gemeint hätte, sie habe Fotos von zu Hause und ob wir uns die mal anschauen wollten. Sie hat die Bilder, die Evelyn ihr gemailt hat, bei Susans Freundin ausgedruckt und sie uns mitgebracht. Na ja, die meisten waren so, dass man kaum was erkennen konnte, bis auf ... « Er schwieg.

»Die Fotos von David und mir«, sagte ich.

»Die Kussfotos«, ergänzte Tanja überflüssigerweise.

Dietmar nickte. »Tom war natürlich total fertig. Er wollte es überhaupt nicht glauben. Wir haben mindestens eine Stunde lang rumdiskutiert, ob die Fotos echt sind oder ob Evelyn sich einen blöden Scherz erlaubt hat, aber ... « Er zuckte die Schultern. »Ihr könnt euch natürlich vorstellen, wie unsere Stimmung war. Ich konnte meiner Mutter ja schlecht eine Mail schicken und schreiben, dass alles nicht stimmte. Das hätte mir in diesem Moment garantiert niemand geglaubt und außerdem wollte ich ja, dass sie an eine Beziehung zwischen Tom und Susan glaubte.«

»Jetzt behaupte bloß nicht, dass ich schuld bin«, sagte die Caberg, die inzwischen etwas ruhiger ge-

168

worden war. Wenigstens tigerte sie nicht mehr durchs Zimmer.

»Sagt ja niemand. Wir haben also hin und her überlegt, Tom wollte dich unbedingt anrufen, aber Susan meinte, so was könne man nicht am Telefon klären, aber sie befürchtete, dass es ohnehin schon zu spät sei.« Er drehte sich zu mir um. »Weißt du, das Bild von dir und diesem Jungen war schon der Hammer.«

»Ja«, sagte ich bloß und biss mir auf die Unterlippe. »Aber ich dachte doch, Tom und Susan seien wieder zusammen.«

Ich merkte selbst, wie bescheuert das klang. Eine lahme Ausrede, nichts weiter. Ich schwieg.

»Tom meinte dann, er könne auf keinen Fall länger in Amerika bleiben. Er wollte sofort nach Hause fliegen und mit dir reden. Ich hab dann gesagt, hör mal, ich bin eigentlich schuld an dem Ganzen, also komme ich mit und erkläre Henriette alles.«

»Tom ist hier?« Ich war aufgesprungen und starrte Dietmar an. »Sag das noch mal.«

Die Caberg nickte. »Ich hab die beiden gestern Nachmittag vom Flughafen abgeholt und Tom angeboten, dass er erst mal bei uns bleiben kann, bis sein Vater aus dem Urlaub zurück ist. Aber er wollte unbedingt nach Hause.«

»Tom ist hier«, wiederholte ich. »Aber warum hat er nicht versucht mich anzurufen? Ich war gestern Nachmittag zu Hause, wir hatten zwar Stromausfall, aber mein Handy hat funktioniert.« Ich merkte, wie

169

mir die Tränen kamen. »Meine Handynummer kennt er ja wohl noch.«

Tanja legte tröstend den Arm um meine Schulter. Ich wischte mir die Tränen weg.

»Der Flug hat ziemlich lange gedauert«, fuhr Dietmar fort. »Wir konnten nicht schlafen. Ich war ziemlich traurig, weil ich Susan jetzt einige Zeit nicht mehr sehen werde, und Tom war noch 'ne Nummer trauriger. Wir haben fast die ganze Zeit geredet und irgendwann meinte er, mit euch habe es keinen Zweck mehr. Er hat allen Ernstes vorgeschlagen, einfach wieder zurückzufliegen, aber dieser Gedanke kam natürlich ein bisschen spät. Tatsache ist jedenfalls, dass wir wieder zurück sind. Meine Mutter weiß, dass ich immer noch in Susan verliebt bin und dass ich für ein ganzes Schuljahr nach Kalifornien gehen werde. Na ja, und du kannst dich irgendwann vielleicht mal mit Tom aussprechen. Ich meine, es ist vielleicht nicht so toll, wenn du und dein neuer Freund ihm mal zufällig in der Stadt begegnen.«

»Ich habe keinen neuen Freund«, sagte ich ruhig. »Es war ... « Eine Sommerliebe, wollte ich sagen, aber das ging eigentlich nur David und mich etwas an. »Es ist vorbei«, verbesserte ich mich und stand auf. »Ich glaube, wir können jetzt gehen, oder?«

»Und?«, fragte Tanja, als wir vor dem Haus standen.

»Und?« Ich sah sie an und musste lächeln.

Ich wusste plötzlich, was ich tun musste.

Als ich in die Straße einbog, in der Tom wohnt,

verließ mich mein Mut. Ich war mir gar nicht mehr so sicher, ob es eine gute Idee war, einfach so bei ihm vorbeizugehen. Was, wenn er mir einfach die Tür vor der Nase zuschlagen würde? Oder mich anhören und dann kein Wort sagen würde?

Ich war schon drauf und dran, wieder umzukehren, da sah ich ein paar Kinder, die vor einer Garage einen kleinen Flohmarkt aufgebaut hatten.

»Kaufst du uns was ab?«, rief ein dicklicher blonder Junge und hielt einen giftgrünen Kinderrasenmäher in die Höhe. »Der macht tollen Krach.«

Ich lachte und schüttelte den Kopf und wollte mich schon zum Gehen wenden, da sah ich die Tasse. Sie war blau, der Henkel war abgeschlagen – aber sie hatte ein Muster aus unzählig vielen weißen Gänseblümchen.

»Die nehm ich«, sagte ich kurz entschlossen und zahlte, ohne mit der Wimper zu zucken, den wahnsinnigen Preis von zwei Euro fünfzig, den der Junge mir nannte.

Mit der Tasse in der Hand stand ich Minuten später vor Toms Haus. Der Garten war immer noch so verwildert wie vor den Ferien und ich spähte über die Mispelhecke, die das Grundstück von der Straße trennte.

Tom saß unter dem alten Kirschbaum, dessen Früchte Jahr für Jahr vor der Ernte von den Vögeln gefressen werden, und las. Ich stand wie gebannt auf dem Gehweg und konnte den Blick nicht von ihm wenden. Ein anderes Bild tauchte auf: Tom in der

171

Straßenbahn. Dort hatte ich ihn zum ersten Mal gesehen und mich sofort in ihn verliebt.

Wie damals blickte er auf.

Mit einem Unterschied: Dieses Mal stand er auf und kam auf mich zu. Ich hielt immer noch die komische Tasse mit dem abgeschlagenen Henkel in der Hand und brachte kein Wort heraus. Alles, was ich mir zurechtgelegt hatte, war plötzlich verschwunden. Sekundenlang sahen wir uns an.

»Kannst du mir verzeihen?«, fragte ich irgendwann in die Stille hinein.

»Ich glaube schon«, sagte Tom ernst.

Dann zwängte ich mich mit der Tasse, die ich immer noch in der Hand hielt, durch die Hecke.

»Ich will dir alles erklären«, sagte ich, aber er schüttelte den Kopf.

»Man muss nicht über alles reden. Schenk mir lieber die Tasse«, flüsterte er, als er mich in den Arm nahm. »Ich hab noch nie eine so wunderschöne Tasse gesehen.«

Eng umschlungen gingen wir in den Garten. Die Sonne schien und unser ganzes Leben lag vor uns.

Bei Thienemann bereits erschienen:
Mathe, Stress & Liebeskummer
Maths, Stress and a Lovesick Heart
Liebe, Chaos, Klassenfahrt
Küsse, Krisen, große Ferien
Schule, Frust & große Liebe
Küsse, Chaos, Feriencamp
Freche Mädchen – freche Ferien
Küsse, Flirt & Torschusspanik
Liebe, Gips & Gänseblümchen
Schule, Küsse, Liebes-Stress

Zimmermann, Irene
Liebe, Stress, Gitarrenständchen
ISBN 13: 978 3 522 17805 1
ISBN 10: 3 522 17805 X

Reihengestaltung: Birgit Schössow
Einbandillustration: Birgit Schössow
Schrift: New Baskerville und Remedy
Satz: KCS GmbH, Buchholz/Hamburg
Reproduktion: Medienfabrik, Möglingen
Druck und Bindung: Friedrich Pustet, Regensburg
© 2006 by Thienemann Verlag
(Thienemann Verlag GmbH), Stuttgart/Wien
Printed in Germany. Alle Rechte vorbehalten.
6 5 4 3 2* 06 07 08 09

www.thienemann.de
www.frechemaedchen.de

Freche Mädchen – freche Bücher!

- ☐ Sommer, Sonne, Ferienliebe – ISBN 3 522 17686 3
- ☐ Liebe, Küsse, Herzgeschichten – ISBN 3 522 17734 7
- ☐ Liebe, Kuss, O Tannenbaum – ISBN 3 522 17735 5

Sabine Both
- ☐ Umzug nach Wolke Sieben – ISBN 3 522 17490 9
- ☐ Herzkribbeln im Gepäck – ISBN 3 522 17554 9
- ☐ Was reimt sich auf Liebe? – ISBN 3 522 17608 1
- ☐ Liebe geteilt durch zwei – ISBN 3 522 17673 1
- ☐ It's Showtime, Mick – ISBN 3 522 17760 6

Brinx/Kömmerling
- ☐ Alles Machos – außer Tim – ISBN 3 522 17563 8
- ☐ Ein Paul zum Küssen – ISBN 3 522 17613 8
- ☐ Stadt, Land, Liebe – ISBN 3 522 17674 X
- ☐ E-Mail mit Kuss – ISBN 3 522 17713 4

Christamaria Fiedler
- ☐ Risotto criminale – ISBN 3 522 16965 4
- ☐ Kürbis criminale – ISBN 3 522 17250 7
- ☐ Spaghetti criminale – ISBN 3 522 17323 6
- ☐ Popcorn criminale – ISBN 3 522 17635 9
- ☐ Sushi criminale – ISBN 3 522 17714 2

Sissi Flegel
- ☐ Lieben verboten – ISBN 3 522 17190 X
- ☐ Kanu, Küsse, Kanada – ISBN 3 522 17341 4
- ☐ Liebe, Mails & Jadeperlen – ISBN 3 522 17454 2
- ☐ Liebe, List & Andenzauber – ISBN 3 522 17525 5
- ☐ Liebe, Sand & Seidenschleier – ISBN 3 522 17609 X
- ☐ Coole Küsse, Meer & mehr – ISBN 3 522 17675 8
- ☐ Schule, Ballett & erster Kuss – ISBN 3 522 17762 2

Domenica Luciani
- ☐ Das Leben ist ein Video – ISBN 3 522 17241 8

Bianka Minte-König
- ☐ Generalprobe – ISBN 3 522 17125 X
- ☐ Theaterfieber – ISBN 3 522 17265 5
- ☐ Herzgeflimmer – ISBN 3 522 17338 4
- ☐ Handy-Liebe – ISBN 3 522 17376 7
- ☐ Hexentricks & Liebeszauber – ISBN 3 522 17420 8
- ☐ Liebesquiz & Pferdekuss – ISBN 3 522 17455 0
- ☐ Schulhof-Flirt & Laufstegträume – ISBN 3 522 17491 7
- ☐ Knutschverbot & Herzensdiebe – ISBN 3 522 17572 7
- ☐ Liebestrank & Schokokuss – ISBN 3 522 17616 2
- ☐ Superstars & Liebesstress – ISBN 3 522 17636 7
- ☐ Liebestest & Musenkuss – ISBN 3 522 17676 6
- ☐ Liebesfrust & Popstar-Kuss – ISBN 3 522 17723 1
- ☐ Liebeslied & Schulfestküsse – ISBN 3 522 17759 2

Freche Mädchen – freche Bücher!

Hortense Ullrich
- ❏ Hexen küsst man nicht – ISBN 3 522 17290 6
- ❏ Liebeskummer lohnt sich – ISBN 3 522 17342 2
- ❏ Doppelt geküsst hält besser – ISBN 3 522 17377 5
- ❏ Liebe macht blond – ISBN 3 522 17410 0
- ❏ Wer zuletzt küsst … – ISBN 3 522 17471 2
- ❏ … und wer liebt mich? – ISBN 3 522 17500 X
- ❏ Ein Kuss kommt selten allein – ISBN 3 522 17560 3
- ❏ Unverhofft liebt oft – ISBN 3 522 17637 5
- ❏ Ehrlich küsst am längsten – ISBN 3 522 17724 X
- ❏ Andere Länder, andere Küsse – ISBN 3 522 17804 1
- ❏ Ferien gut, alles gut – ISBN 3 522 17621 9

Irene Zimmermann
- ❏ Küsse, Flirt & Torschusspanik – ISBN 3 522 17527 1
- ❏ Liebe, Gips & Gänseblümchen – ISBN 3 522 17599 9
- ❏ Schule, Küsse, Liebes-Stress – ISBN 3 522 17725 8
- ✈ Liebe, Stress, Gitarrenständchen – ISBN 3 522 17805 X

Zimmermann & Zimmermann
- ❏ Mathe, Stress + Liebeskummer – ISBN 3 522 17237 X
- ❏ Liebe, Chaos, Klassenfahrt – ISBN 3 522 17319 8
- ❏ Küsse, Krisen, große Ferien – ISBN 3 522 17378 3
- ❏ Schule, Frust & große Liebe – ISBN 3 522 17411 9
- ❏ Küsse, Chaos, Feriencamp – ISBN 3 522 17456 9
- ❏ Freche Mädchen – freche Ferien – ISBN 3 522 17507 7

Freche Mädchen – freches Englisch!

- ❏ Summer, Sun and Holiday Love – ISBN 3 522 17775 4

Sabine Both
- ❏ Move to Cloud Nine – ISBN 3 522 17688 X

Brinx/Kömmerling
- ❏ A Paul to Kiss – ISBN 3 522 17764 9

Christamaria Fiedler
- ❏ Spaghetti Crime – ISBN 3 522 17716 9

Sissi Flegel
- ❏ Forbidden to Love – ISBN 3 522 17726 6

Bianka Minte-König
- ❏ Mobile Phone Love – ISBN 3 522 17687 1
- ❏ Schoolyard Flirt and Catwalk Dreams – ISBN 3 522 17806 8

Hortense Ullrich
- ❏ Never Kiss a Witch – ISBN 3 522 17646 4
- ❏ Love is Blonde – ISBN 3 522 17763 0

Zimmermann & Zimmermann
- ❏ Maths, Stress and a Lovesick Heart – ISBN 3 522 17647 2

✈ Hab ich schon! – ♥ Muss ich haben!